里山簡單生活

［日］位田惠美 著
邹艳苗 译

人民文学出版社
PEOPLE'S LITERATURE PUBLISHING HOUSE

著作权合同登记号　图字 01-2018-8981

图书在版编目(CIP)数据

里山简单生活/(日)位田惠美著;邹艳苗译. —
北京:人民文学出版社,2019
ISBN 978-7-02-015008-3

Ⅰ. ①里…　Ⅱ. ①位… ②邹…　Ⅲ. ①随笔-作品集
-日本-现代　Ⅳ. ①I313.65

中国版本图书馆 CIP 数据核字(2019)第 019070 号

责任编辑　卜艳冰　杜玉花
装帧设计　钱　珺

出版发行　人民文学出版社
社　　址　北京市朝内大街 166 号
邮政编码　100705
网　　址　http://www.rw-cn.com

印　　制　莱芜市圣龙印务有限责任公司
经　　销　全国新华书店等

字　　数　80 千字
开　　本　787 毫米×1092 毫米　1/32
印　　张　6.875
版　　次　2019 年 9 月北京第 1 版
印　　次　2019 年 9 月第 1 次印刷

书　　号　978-7-02-015008-3
定　　价　39.80 元

里山简单生活

门前的菜园就是我家的天然冰箱。熟了就采摘下来，拿到厨房，精心烹饪之后就变成餐桌上的新鲜菜肴。

我选中的这座山上的老房子，是我当初一眼就看上的。这幅草图里有我对未来生活的憧憬和构想。

修葺旧民宅

这栋民宅年久失修，残破不堪，入住之前必须要花一番心思好好修缮一下。

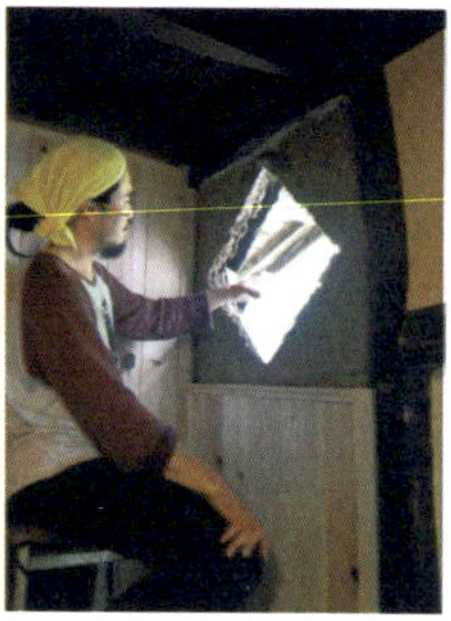

夫妻二人埋首于老房子的修缮工作中。刷墙、铺地板……忙得不亦乐乎。我们还新开了几扇窗，自己动脑，亲自设计，让我们很有成就感。每完成一项就离我们的梦想之家近了一步，内心富足而安宁。

丈夫是个榻榻米工匠，正在为我们的新家一丝不苟地忙碌着。

我带大儿子回娘家小住期间，丈夫垒起了这个土灶台，还带一个可以取暖的台子。
有了这种土锅台，做出的菜格外香。

整个房间以及墙上的搁板也是丈夫设计并制作的，他用汗水让我们的家有了灵魂。

这个狗窝也是自己动手搭建的，很棒吧？

有火的生活

在里山生活，木柴是主要的物资。不管是做饭、洗澡，还是取暖，每一天都离不开它。

我们还搭建了一个专门存放木柴的小屋，可见它对于我们是多么重要。

用木柴炉灶烹饪的菜肴真的非常美味。

这也是一个木柴炉灶，还可以用来供暖。

看着暖炉中跳跃的火苗，能让人内心获得一种安宁的感觉。

有菜园的生活

我们家的菜园叫“阿玛卡姆娜农园”。我们用自然农耕法栽种了各种绿叶菜、根茎类、豆类……可以说，这片菜园给了我们全家丰富的食物乃至生命。

这些小小的种子撒到土里，就能生根、发芽，直至长成维持我们生命的食物。

我们还种植了水稻。这是大儿子羽音正兴趣盎然地在田里帮忙。

春天收获的野菜！大山是最天然的菜园。这是我们采摘来的虎耳草和款冬花的花蕾。

收获来的红豆。用自然农耕法种植的红豆特别甘甜，用来做菜或甜点，都非常可口。

自家种的蘑菇。

初夏时采摘来的青梅。可以做成梅干，泡成梅汁，或做成梅子酱油等腌制食物，也可入药。

打造舒适的生活空间

家里一直装饰着绿色植物。比如玄关就放着一盆从大山里移植回来的盆栽，我每次经过这里都心情愉悦。

丈夫和大儿子都喜欢乐器。虽然我们尽量削减了生活必需品之外的物品，但乐器是我们的生活不可缺少的。

这是我很喜欢的一把扫帚。每天我都用它来打扫屋子。

与大自然融为一体

从我家眺望出去的风景。里山的 360 度都被大山包围着。我家附近还能找到野生的芥末。

我家客厅外面的样子。秋天时，园子里采摘来的柿子就是天然的窗帘。

谷物配蔬菜的每一餐

谷物和蔬菜搭配的健康餐饮。大米、杂粮、味噌汤、自制梅干，仅仅这几样就非常满足了。

春季的玄米散寿司。用梅醋来代替普通的醋，更加爽口。看上去像鸡蛋一样的部分其实是豆腐做的。

右图的主菜是我喜爱的用杂粮做的油炸食物。左图的主菜是用蒸熟的萝卜夹着高野豆腐油炸而成。这是我从以前工作的地方学来的，都是我爱吃的菜。

自家种的红豆点缀上蒸苹果，并摆出花朵的样子。（右）我丈夫生日的时候，我做的桃子点心，上面装饰着庭园里摘来的紫阳花。（下）用自家种的紫薯和苹果，配上米粉做的蒸蛋糕。（左）这些都是我家人爱吃的小点心。我家的点心从不使用鸡蛋、乳制品、白砂糖，口感很清淡。

用砂锅炖的红豆南瓜。我家常做这道菜，非常有利于肾脏健康。从我怀孕到产后，我经常吃这道菜。

干货

院子里晾晒着采摘来的柿子，以便做成柿子干。除了柿子，我们还会在院子里晾晒香草、谷物等。

里屋的搁板上陈列着各种密封瓶。晒干的艾蒿、枇杷叶等各种干货以及种子，都是我家非常重要的食物。（上）制作中的酵素果汁，这也是我们全家都爱喝的饮料。

亲手做酱油。每个月都要上下对翻一遍，在逐渐变化的味道中，我感受到了生命的力量。

自制的萝卜干，非常甘甜而柔软。

梅子拥有百药之长。梅干当然也是好东西，而用酱油浸泡的梅干可以用于凉拌菜、沙拉酱汁、汤类等，且味道也更上一层楼。

搁板上陈列着各种干货和茶叶，是我最喜爱的一个角落，它们的变化也是对时间的记录。

拥有天然素材的生活

我和丈夫穿的衣服，是朋友送我们的结婚贺礼。是用麻布做的，再用天然的植物颜料染色而成。胸口处的彩色花纹采用了“裂织”的工艺。我只有在特殊的日子才会穿上这件衣服。

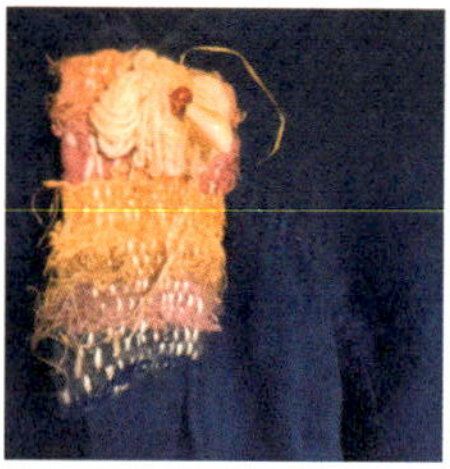

这是朋友们赠送给我的纯手工编织和植物染的小抱被、冬天必需的陶瓷汤婆子、传统的柳条包以及不用肥皂就能洗净身体的丝瓜瓤。

家里的纺织机。等孩子们大些了，我想学纺线，给孩子们编织衣物。

我很喜欢编织的衣物，这是我用麻线编织的胸花和帽子。

感受大自然的节奏和韵律

不经意的缘分，我和丈夫在里山开始了与大自然共呼吸的生活，也让我们重新审视了活着的意义。

房租仅三百元，包括一栋主屋，附送两栋偏屋以及院子、农田

每周只有几趟公交到这里 最近的车站也要驱车一个小时

我和我的家人居住在爱知县的里山，我有两个儿子，两条狗。我们租了老房子，尽可能地过着自给自足、可持续的低碳生活。

我的丈夫属于“半农半职”，一边务农一边制作榻榻米，他做榻榻米的收入是我们全家唯一的经济来源。

住在大山里是我的夙愿，一直以来我都在四处寻觅合适的房源，终于，在六年前，也就是二〇一〇年的秋天，利用市政府出台的“空屋银行”制度，我找到了现在的这处住宅。这里离最近的车站都要驱车一个小时，且每周只有几趟公交，可以说不开车完全无法抵达。而超市、便利店、邮局、银行等生活设施需要走二十多分钟的山路才可以到达。

虽然很偏僻，但当我沿着蜿蜒山路气喘吁吁地爬上来，在山路尽头第一眼看到这仿佛世外桃源般的隐秘村落时，几乎是一见钟情。这里被群山环绕，水源充沛，盎然的绿意令人心驰神往，春天甚至可以采到新鲜的芥末，一切都是那么原生态，仿佛空气中都流传着很多古老的传说。

我们家租的房子，面朝正南方，地势略高。虽然房租只有区区三百元，但包括一栋主屋和两栋偏屋，还附送一个院子，可以看到开阔的风景。不过由于年久失修，显得残破不堪。

每天，清澈的溪水从家门口流过，清脆的鸟鸣声在耳畔响起。山中有清澈的泉水，用太阳能烧开就可以饮用；还有各种木材可以生火、取暖、做饭；优质的自然条件还可以种植出新鲜美味的蔬菜。

我和家人每天都在享受着这片大自然的各种恩惠，有时候觉得真是一种奢侈啊！

转眼，已经是我们搬到这里的第四个年头了。刚住进来时，房顶是漏水的、地板是发霉腐烂的、墙壁是脱落的，经过我们夫妻日复一日的修缮以及亲友们的帮助，终于变得越来越像一个家了。

其实，远离城市来到乡村独自生活，并不是人们憧憬的那种采菊东篱下的悠然诗意。从自己动手给老房子翻新，到自己种菜保障食物来源，再到各种能源的自给，会有很多现实的烦恼。而且，在这个过程中，会由衷地感受到人类在大自然面前是多么渺小、多么不值一提，所以经常会对大自然充满敬畏，甚至会有被大自然吞没的恐惧感。

一定有很多人要问我“为什么非要选择在这么不方便的地方生活呢?”还是让我从头说起吧。

我出生于爱知县一个不算大、也不算特别乡下的远郊小城，这里绿树如茵，人们生活惬意。在我十几岁的时候，我开始觉得我的生活缺少点什么，于是，和现在的心态恰好相反，我十分向往大城市，并对时尚、美容这种富有创造性的、让人们变美的职业很感兴趣。

十八岁那年，我进入美容专业学校学习，并在爱知县的首府——名古屋开始了一个人的生活。就这样，我终于实现了少女时代的梦想，成为了一名美容师。然而，白天的工作、晚上的应酬让我疲于奔命，长期的睡眠不足让我的身体每况愈下。虽然表面上看我很开心，但久而久之，我开始隐约觉得哪里不对劲，心里有一个声音在说“不能再这样下去了”。终于，我因为过度劳累，且压力过大而住院了，整个人身心俱疲。就这样，我憧憬了很多年的美容师的工作，只持续了三年就结束了，内心充满了挫败感……我想，我这样的奋斗历程对于在大城市打拼的人来说，应该不算稀罕。

后来，我又换了很多份工作，在山间小旅馆、出售天然衣料的杂货店、有机咖啡馆、酒店等等都工作过。其间，我接触到了天然食材，并养成了粗粮配素食的饮食习惯，再结合早睡早起的生活习惯，让我的生活节奏渐渐走上正轨。于是，我感觉到自己由内而外都变得状态很好，人也充满了活力。虽然这段日子，我经济上比较拮据，收入也不是很稳定，但内心却变得很安宁，每天也过得很充实、很满足，自己都觉得不可思议。

于是，我决定结束九年的城市生活，回到家乡。也是从这时候开始，我萌发了找一个僻静的乡村生活的念头。那段时间，“到底什么才是真正的满足”这个问题一直盘旋在我脑海里。

今天，我终于明白了。

虽然每个人的追求不一样，但是，对我而言，真正的满足就是树木摇曳的声音、潺潺河水声、山林间鸟儿的鸣唱、野兽的低吟、各种虫儿的叫声以及夜空中阴晴圆缺的明月、美味的蔬菜、木柴燃烧时的噼噼啪啪声、非常和蔼而精神矍铄的爷爷奶奶们，以及与家人在一起的闲暇时光。

春天时，万物复苏带来各种声响；夏天

时，空气炎热而干燥；秋天时，仿佛被大自然的耳语声包围；冬天时，凛冽的寒风让人觉得无比煎熬。四季的轮回带着特有的声音、气味，让人应接不暇。

我们与这些四季的气息共生共存，遵循四季的节奏安排着自己的饮食和生活，并获取一定的能源。而我在心底里一直追问着自己的那个问题的答案，就隐藏在这平凡的生活中。

在我觅得这栋老房子后，正准备搬家之时，我和我的丈夫相遇了。里山的生活还为我的人生带来了“结婚”和“家人”这两大无可替代的宝贵财富。

山里的生活有时候很奢侈，有时候也很严酷。

对于贸然决定搬到大山里生活的我来说，有太多的不习惯、太多的考验，但正因为此，我才能酣畅淋漓地享受随后到来的喜悦、欢乐、满足感以及与所爱的人共同面对生活的珍贵经历。

我和我的家人们每天享受着大自然的恩惠，过着平淡如水的日子，也在这样的日子里，体会到了由衷的幸福和真正的满足，还有发自灵魂的快乐。我通过文字记录下了我们的生活和感想，并非常愿意与读者们分享，这也是我的荣幸。

希望我的文字可以为每一位追求内心充实的读者带来一束小小的光芒。

目录

第一章

老宅新生

渐渐地变得像一个家

给破烂的老房子翻新

漏雨的屋顶、腐烂的地板、破损的浴槽

这栋老房子，已经有十几年没有住人了，完全是一副破烂不堪的景象。地板严重腐烂，屋顶漏雨。因为长久没有住人，屋子里弥漫着一股阴气，仿佛“鬼屋”一般。

虽然如此残破，可我第一次见到这栋房子时，就喜欢上了它，脑海里忍不住盘算起怎么布置，怎么翻新。我还把对未来生活的构想画成草图，具体到房屋、院子、菜园等细节。虽然看上去像是孩子的信手涂鸦，但一直到今天，都是我们的重要参考图。

二〇一一年三月，我们搬入这栋老房子，当时积雪还没有完全融化，早晚尤其寒冷刺

骨。我们先打扫出了一个房间作为卧室，由于房子过于老化，屋里几乎跟外面一样冰冷。

接下来，我们开始在户外生火做饭，暂时解决了吃饭的问题。由于浴室还没有翻新好，我们有时就去附近的澡堂洗澡，有时根本洗不上澡。生活用水可以从山上直接引来，这一点让我们很庆幸。到了夜晚，就用蜡烛照明，仿佛野营一样。即使如此不便，对于刚刚相爱的我和丈夫而言，都是充满希望和快乐的幸福时光，直到今天我们依然会津津乐道。

这栋房子是以前日本常见的平房，四个房间呈“田”字形，再加上一间原本泥土地面的厨房和连带的一个小房间，构成了5K的房型。进入玄关后，南侧是一个长长的走廊，走廊的后面是一间新增的房间。

瓦做的房顶有很多处漏雨，至今还没有完全修好。门前细长的空地上，有一个院子和两间次屋，以及厕所。前一任户主遗留下的很多东西需要处理掉，再加上很多修修补补、打扫和拆卸的工作，导致木工活是我们头三年的主要内容。

无论是旧房翻新，还是菜园和院子的打理，我们都尽量靠一己之力。只有最破旧的一个房间，请一位木匠朋友帮忙改造，他的手艺非常高超，也非常认真，使得这个房间成为了我最中意的房间。

使用纯天然材料，让整个家呼吸起来

在整个老房翻新的过程中，有一点我们始终坚持，那就是使用纯天然的材料。

曾经的日本民居几乎都是用天然材料来搭建的，最终也可以返还给大自然。比如，墙壁推倒后，最终分解为竹子、麻、泥土、稻草，都可以回归大自然。然而，如今胶合板等新型材料逐渐取代了这一切。

我们首先要将这些非天然材料拆换掉，取而代之以硅藻土（主要成分是硅藻壳的化石而产生的堆积物）、灰泥（主要成分是硝石灰）、土墙（主要成分是黏土质的土、稻草、稻谷壳等）、天然木材。

这个村子里残留了一些老房子的土墙，我们得到允许可以拿来用。而黏土，则是在附近四处寻找，并尝试了很多遍才最终满意。然后将黏土与附近的稻草、稻谷壳混合在一起使用。正如越是就近获得的食物越有利于健康一样，采自同一片土地的材料让我们更加安心。刷墙时，我们将墙壁当作一块巨大的油画布，一边涂鸦一边刷，非常开心。

再说到榻榻米，它有很多种类，我家使用的是稻草、国产蔺草和麻线（编织蔺草所用的线，现在大多为塑料线）。而编织榻榻米的专业性比较强，必须依赖专门的工匠，所幸我的丈夫是榻榻米工匠，就全权交给他了。

其实，在我丈夫之前，我从未遇到过榻榻米工匠，是他让我回忆起祖父母和父母家伴我长大的榻榻米。让我这个“不识庐山真面目，只缘身在此山中”的人开始留意榻榻米——这个日本最传统的、最具代表性的生活用品。原来，对于湿度高、气候变化比较激烈的日本，榻榻米是再合适不过了。

榻榻米用的蔺草有净化空气的作用，一装上之后，空气很浑浊的老房子一下子就变得清新了很多，我晚上的睡眠都变得很香了。

我每天都在感受着天然材料的恩惠，因为天然的材料会随着环境一起变化，是会呼吸的，就像一个生命体陪伴着我们一样，我的家也因此被注入了新的灵魂。

梦想照进现实的快感

在里山的生活，毫不夸张地说，是完全从零开始的，甚至可以说是从负数开始的。我们尽量使用现成的东西，然后通过自己的构思和创意，让它变成我们想要的东西。

例如，对于过日子至关重要的厨房。我生完大儿子后回娘家期间，是丈夫按照我的规划图，几乎一点一滴地独自建成的。地板被全部拆除，水池也被卸掉，简直完全焕然一新。他特别辛苦，也让我特别感动。

丈夫将厨房的地还原成泥土地后，贴上了可爱的瓷砖。使用天然的木材做成了餐桌、置物架、毛巾架。墙壁和天花板全部刷成土墙，就像土窑洞一样。他设计的厨房综合了火炉、烤箱、灶台、长凳、取暖等功能。既像一个三头六臂的神器，又像一个童话般神奇的世界，让人身居其间，其乐无穷。

厨房隔壁的房间，也被我们彻底改造了一番。原来是胶合板做成的墙壁，被我们用国产杉木板替换。由于光照不够，显得阴暗，于是我们就在墙上开了一扇小窗，装上可爱的玻璃，让人觉得透进来的阳光格外耀眼。此外，我一直想要的餐具收纳空间，也完全符合我的期望，而且是用杉木板做成的。这种木材，以前我丈夫做樵夫的时候，亲自砍伐过，所以留有很多回忆。

在山里生活，一间储藏柴火的房间是必不可少的，我们乐此不疲地搭建这个小屋。搭建所用的木材是丈夫从后山上一根一根砍下来、剥掉树皮后直接用的，连加工的程序都省了。而三角支撑的斜梁，来自我们偶然找到的角度恰好的斜着长的树。让来自大自然的资源，直接原生态地拿来用，很难得也很智慧。

就这样，这栋房子的每一个角落都洒满了

我们辛劳的汗水，留下了欢笑的记忆。尤其是丈夫独自设计的房间和厨房，哪怕只是在里面待着，都会觉得很开心，很幸福。

搬进这栋老房子之后，我们又补屋顶，又建暖炉、地炉，还刷墙，做书架，甚至连狗窝都搭好了，忙得不亦乐乎。但依然还有一些房间完全没动手翻新，所以想要全部焕然一新还需要一些时日。但是，具体的规划已经在我们脑海中十分清晰了，接下来就是一步一步地具体实践了。

在梦想变成现实的路上，不管多么小的细节、多么难寻的物件，我们都一起努力，这个过程也加深了我们夫妻的感情，等孩子们大了，还可以一起加入我们，全家动手建设自己的家园，一定非常美好。

这个家在我们的齐心协力和朋友们的帮助

下，越来越像模像样了，让人无论身处何处，都被满满的回忆和爱包围着，那是无比幸福的感觉。

最近，来我家做客的朋友，经常会夸“你家变得越来越好了”“这房子真棒”，这是对我们最大的肯定。

这才是我们生活的第四年，改造之路还很长。

有火有田相伴的每一天

种上豆子、蔬菜、蘑菇

我和丈夫为自家的菜园取名为“阿玛卡姆娜”（amakamuna）农园，我们在这片菜园里坚持使用自然耕种法，实现着自给自足的生活。如今，在这片不大的菜园里，我们已经种出了蔬菜、杂粮、豆类。从播种、耕耘，一直到收获，都是我们把双手插到泥里，一点一点地辛苦种出来的，仿佛孕育生命一般，这才是真正的与大自然共呼吸。

长久以来，我一直就对农田有特殊的感情，以前曾拥有过一小片菜园，但只有巴掌大的面积，只能满足小家小户的需要。如今，这片土地，真正实现了我的农田生活的夙愿。

大约十年前，我丈夫受福冈正信所著的《自然农法：一根稻草的革命》一书的影响，特意去长野县学习了两年的自然农耕法，随后，又去著名的自然农耕家川口由一的“赤目自然农塾”进修了两年。

认识我之前，我丈夫在岐阜县实践了五年的自然农耕法，还加入了世界有机农场机会组织（WWOOF），向更多想体验自然农耕的人开放并指导。如今，我在他的指导之下，和他一起栽种、培育着一颗颗绿色生命。

使用自然农耕法栽培出来的蔬菜，与菜场、超市里出售的蔬菜有很大的不同。自然农耕法不仅不耕田、不使用农药和化肥，也不除草、驱虫，一切都利用大自然的原生条件，所以种植的蔬菜不仅非常美味，而且饱含着各种能量，让人精神饱满。

今年是我们搬来山里的第四年。翻新房

屋、养育孩子等工作花费了我们很多精力，花在菜园里的时间还比较少，所以收获量也离期望值比较远，但毕竟是自己亲手种植的，吃起来格外香甜，也可以很放心地给孩子们吃。

我们从两年前开始种植的红豆、黄豆和杂粮，家人们都很爱吃。我们自己种植的，加上邻居们给的，就基本不需要另外买菜了。

在我家屋后，有五十棵用来培育蘑菇的原木，都是丈夫一根一根地从山里砍下运回来的，我们非常珍惜。虽然最初往原木里打菌种需要费很多工夫，但后来就可以等待蘑菇们自由生长了，我们不禁感叹“菌类真神奇”。而收获的时候，会更加感叹，这蘑菇怎么这么多，怎么这么香；既可以趁新鲜吃，也可以晒成蘑菇干保存起来，没有一点浪费。

说到种稻，直到去年，都是附近的一位和我们一样自己耕种的朋友送给我们一些无农药的糙米；作为报答，我们会帮他干一些收稻或其他农活，形成了很融洽的关系。

现在，我们搬到里山已四年了，老房子也翻修得有些眉目了，于是，我们从今年开始种植水稻了，毕竟大米是每天的主食。而且站在我家的稻田里可以眺望风景，日照也很充足，所以我和丈夫都干劲十足。

我们憧憬着通过自己的努力，让自家农田的产量逐年增加，并通过自产品和与朋友们交换，能完全实现自给自足。

当务之急，是要把黄豆的产量达到一年的做味噌的量。

火苗温暖了内心最深处

大山里的生活，除了农田，火也是不可缺少的。很久以前，我就很喜欢有火的生活，虽然有时会害怕它，但内心是被它吸引的。

如今，在我家，方方面面都需要用到火，它几乎比钱还重要。家里的火炉、浴桶、土灶台都离不开它，没有火就不能取暖、洗澡、做饭。除了木柴，我们还使用炭来烧火，比如用煤球取暖的被炉和七厘炭炉，还有正在搭建的地炉。

我们烧火所用的木柴，大多是朋友们砍伐自过密的树林后赠送给我们的。有时候，我丈夫也会去后山上自己砍一些回来，然后在院子里用电锯劈开。

我们一般使用富含树脂的枯杉树叶来引火；如果用报纸或废纸箱的话，容易起很浓的烟，会堵塞烟囱，杉树叶才是最合适的。里山上有大片的杉树林，这也是我们选用它的原因之一。

曾经，山里人都靠火来维系生活。听我们

所居住的村子里的老人们说，他们年轻时都是用木炭生火来做饭和取暖，冬天就去烧炭挣钱。平时，会拣树枝或落叶回来生火，还顺便能清理树林，所以，这片树林至今仍生生不息。这里人工林居多，如果不定期清理的话，就容易干枯。以前，人与大山一直都是相互依靠的，人们都遵循着自然规律。

也许正是因为我们遵循了这样的自然规律，用火维系的生活让我得到了由内而外、发自内心的温暖和滋润。

我家洗澡用的热水，是太阳能热水器和木柴一起供给的。不仅特别柔和温暖，让人感觉整个人由内到外都被融化了，而且还不容易变凉。

用阔叶树干烧火，可以让热水一直沸腾

用不同的木柴引火，烧开的热水会有微妙

的区别，这让我觉得特别有意思。用胶合板等废木柴烧水，热水会偏硬，用阔叶树的木柴则会柔软很多。木头的性质决定火的性质，所以也影响了热水的品质和触感。

在夏季晴朗的日子里，我们就不需要木柴，只用太阳能烧水就够了。太阳能烧的水，微妙地带着太阳的味道，特别有趣。我们很庆幸一年四季每天都可以有热水洗澡。

这种与农田、与火一起生活的日子，让身体得到了充分的活动。每天去菜园里采摘一些菜用来做饭，顺便照料照料菜园。每天、每个季节菜园里都可以进行不同的工作。出门散步的话，就会顺便拾一些杉树叶回来。如果有空，就会劈些柴火捆起来干燥着，以用来烧水和取暖。

除了这些，每天回来后，我还会背着孩子忙里忙外，即使是冬天，也会汗流浃背。朋友说，让身体大量地出汗，是非常有利健康的，可能正因为此，我每天都觉得精神饱满，胃口也很好，睡得也很香甜。即使有什么烦心事，也很快就烟消云散了。那些莫须有的烦恼和负面情绪也渐渐减少了。

说得更加抽象一点，就像冥想一样，逐渐地放空了自己，从而感觉到自己整个儿是和地球相连的，内心变得纯净，没有杂念。我想，这也是村里的老爷爷和老奶奶们看上去那么精神矍铄的原因吧。

话说回来，这样的循环往复，本来就应该是人类的活动轨迹。

我经常和丈夫说，希望这种和太阳、土地，和水、火、木，和植物共生的日子，可以一直持续下去。

打造一个与大自然融为一体的家

天然木、榻榻米、木柴、山泉水、绿色植物

虽然住在这样交通不便的深山里，但我家的客人并不少。也许这也是我努力把自己的家打造得让人十分放松、十分惬意的原因。

家对我们来说，不是一个狭义的房子的内部空间，而是居住的整体环境，它是太阳、土地、树木、农田与人的一种有机的联系。

有大自然温度的家，洋溢着生命活力的家，让人越住越觉得舒畅惬意。这样的家里，地板或榻榻米是用杉木制成的，这与使用胶合板是截然不同的——杉木是会呼吸的，是有生命的，走在上面柔软而有温度。我的儿子在上面随便翻滚都非常安心，而且他也感觉很舒服

的样子。

榻榻米特别适合湿度较高的日本，蔺草可以吸收空气中的湿气，从而起到净化空气的作用。常听朋友们说："换成了榻榻米就睡得很香"，"宝宝的皮肤也没那么粗糙了。"我家榻榻米的所有生产细节都是丈夫以及他的业内朋友一起制作完成的，所以我们非常放心。

我们家的墙壁，正如我前面说的，是我们用泥土、硅藻土、灰泥等纯天然材料刷成的，掺杂其中的稻草和稻谷壳是村子里的人给我们的。从实地采集的天然材料，才能让整个家与大自然浑然一体。

每到冬季，我们的取暖设施只有火炉和使用煤球的被炉，但足够了。红通通的火苗燃起，暖流就立刻升腾而出，穿越人的皮肤，直抵五脏六腑，让人觉得被融化般的舒坦。而且，还不会像空调那样造成空气干燥。毕竟最原生态的火苗就是不一样。来我家玩的朋友们，经常暖和得忍不住打起盹来。

我们家做饭用的是天然山泉水，水质非常清澈，以至于长出天然的芥末来。山泉水不仅可以直接喝，还可以用来泡茶，清冽而甘甜的滋味抵达人的每一个毛孔。用它煮出的米饭也特别香甜，来我家做客的朋友都会发自内心地说太好吃了，我家的餐桌也成了人们口口相传的美味餐桌。

被大自然的声音和味道包围

住在山里和住在城市里，最大的不同，应该是声音和味道吧。在山里住久了，每当我走在城市的繁华街道上，四面八方传来的人为制造的声音，以及飘逸过来的不自然的气味，都会让我有快眩晕的感觉。我想，每天生活在这样的聒噪之中，人一定会不知不觉地感到疲倦，很难真正地静心凝神，也很难得到彻底的放松吧。

我家附近极少有汽车经过，非常非常安静，以至于我们能真切地听到河水的潺潺、鸟儿的鸣叫、树枝的摇曳，甚至天上云朵变幻的声音。这些大自然的各种声响与屋里木柴燃烧的噼噼啪啪声交相呼应，成为我生活中最熟悉的旋律。

倾注而下的阳光，木柴燃烧所特有的气味和声音、大山和自家农田里散发的生生不息的气息——这些来自大自然的能量和各种天然材料被我尽可能地与家融合在一起，让人觉得已将大自然完整地拥入怀中，这不正是来我家的客人们常说的“内心获得了安宁”、“被治愈了”的原因吗？我觉得自己也和这座大山融为一体了。

我和丈夫都深爱着这座大山和我们的小家，也十分愿意与别人分享我们的生活空间，所以，我们将客人视作家人一样热情地招待。

这里有非常纯粹的自然环境，未来我要更加有效地利用这一切。因为只有自己亲身体验过才能真正感受到，所以，我想以我家为一个载体，让大家真正感受到大自然的神奇魅力。

我把自己理解成大自然的助手，带着这样的心情，我要把自己的家打造成更加舒适、有治愈力的生活空间。

重视家里的“气”

打扫卫生让心灵更通透

与其说我喜欢干净，不如说我讨厌家里的气流停滞不流动。气流停滞的地方，就像积满灰尘一样，让人觉得沉重、不透气。所以，如果不打扫，感觉整个家都变得死气沉沉的。

我的母亲是一个很爱干净的人，每天都会认真地打扫屋子。以前，我怕麻烦，总是不爱打扫屋子。工作以后，每天都要把店面打扫得干干净净才能开门迎客，久而久之，每日打扫就变成我的个人习惯，自己觉得舒心，客人也会不断增加。如果哪天没打扫，就会觉得气很不顺。于是我发现了打扫这件事会影响人的心情、室内的气流，进而影响到客人数量这一系列的连锁反应。

反观自己的家庭生活，房间没有认真打扫的时候，也是我觉得很疲惫很忙乱的时候。有了打扫的欲望的时候，身心都会变得很振奋。原来打扫这件看似日常的小事，可以影响这么大。朋友对我说，越是情绪低落的时候，越是要打扫屋子。我试了一下，果然奏效。打扫完，整个人都神清气爽了。

从那以后，打扫和整理房间这件事变成了我调整心态的一个方法。于是，我发现如果每一天都能保持愉悦的心情，那么就会越来越注重细节，你的生活空间也会更加整洁、舒适，这就像是一种良性循环。仿佛内心的灰尘也被一并扫走了。不只是因为井然有序的环境提高了工作效率，还因为人的心情也会随之得以整理一番。

在我临盆的前一周，我每天都埋头于打扫

房间。并不是因为家里脏，而是我内心有一股按捺不住的打扫的欲望。记不得在哪里看到过这样一句话，雌性的野生动物在生产之前，会将四周都整理干净。也许是为了迎接“生产”这一神赐的礼物，而制造一个神圣的空间吧。通过这个经历，我明白了，打扫其实是一种动物的本能。而且，其实房子也是一个生物体。

由于是老房子，不同于城市公寓，需要打扫的范围很大，但是，每天早上一拉开窗帘，迎着晨光打扫卫生是我最开心的时刻。感觉这个房子都跟我一样开心。因为居住环境，应该也包括里面的“气”。

万物皆有“命”

记得曾在一本书里看过，家里的物品老化、损坏，或者多而杂乱的话，会让风水也跟着变坏。

一个家中，物体数量的平衡感，与人内心的平衡感一样，如果过多，就会被牵动太多的思绪，就像金钱、身份、名誉一样，越多就越容易产生更多的欲望和执念。

家里堆满了东西，繁杂无章，人的心情也会跟着纷乱起来，空气的流动也会变差，所以，我尽力地学会减少家里的物件。其实，家里东西堆得再多，经常使用的只是一小部分，其余的要么沾满灰尘，要么躺在柜子里“睡觉”。

因为总觉得“也许有一天会用上吧”，不知不觉地一攒再攒，直至堆满了整个空间，直至自己都忘了买过这个东西。此外，东西过多，就会搞不清哪里放着什么，想要用时要找很久，又浪费了时间。

家里的物件和房子一样，都是有“命”

的，为了不粗暴地对待它，就要买最少量的东西，然后物尽其用，内心每天都会对它感谢。虽然这么说，我家也有很多不必要的东西，我每天都想着如何精减它们。

以前的我，很不舍得扔东西。但是，原以为也许有一天会用上的东西，结果基本都没用上。比如衣服。除了礼服，躺在衣橱里一两年都不会穿的衣服，就没必要留着了，扔了也无大碍。

虽然每个人生活空间的容量是不一样的，但如果你家中哪里放着什么，自己都不能完全把握的话，那就说明你的空间负荷太大了。我们身边根本不需要这么多东西，不如放弃一些吧。

不过，我觉得并不需要将家里的每一类物品都消减至最小限，比如我很爱看书，我家就堆了很多书，我的丈夫喜欢乐器，家里就收集了各种各样的太鼓。这些东西虽然也可以精简，但它们可以陶冶自己情操，滋润自己的心灵，为我们的每一天带来愉悦，所以我觉得这是必需品。

我家还有很多别人赠送的物品，为了保持一种平衡，不论是别人送的、还是自己买的东西，只要新添一件，我就会相应地减少一件。

还有，如果有些物品我不需要了，但依然可以使用，我就会问一问身边的朋友有没有需要的。对自己没有价值和必要的东西，也许对别人依然有使用价值。

所以，我和朋友之间经常交换物品使用。让物品循环再利用，这样它们的生命就又一次被延续。

另外，不要让居室完全密闭，也很重要。在密闭的房间里就像生活在一个密封的箱子中一样，让人苦闷不堪。我每天早上起床，就会将所有的窗户都打开，开车也会将车窗摇下一些。我家会定期地换气，即使是冬天，也会打开一点窗。开窗通风，保证屋内空气流动，这样，经常吹进来的新鲜空气能让人心情爽朗。

当你的居室和心情都整洁有序，风就会吹进来，净化你。

于是，生活中的压力和不快也会烟消云散，每一天都过得安宁而充实。

让构思付诸行动

在哪里、与谁、如何打造怎样的家？

每个人对生活的价值观都不一样，所以当你去追求梦想中的生活时，首先要弄清自己最想要的是什么。比如，在哪里生活？城市中、海边，还是大山里，抑或海外？想要怎样的家？如何去实现？和谁一起实现？

人人都有梦想，人人都会追求梦想，但是奋斗之前，一定要注意的是，不要为了虚荣与别人攀比；不要去追求让你失去自我的东西。因为这都不是你自己内心的声音，一路走下去只会日益积攒诸多的不满和负能量。

就我自己来说，当我住在城市里时，经常会有浑浑噩噩的感觉，那时的我还没有认真考虑什么才是我想要的生活，总是将工作和娱乐优先考虑，对自己的家，觉得只要方便、能住就行。也没有考虑过将来在哪里定居，只要能住在城市里就行。

在城市里生活的最初四年间，我都是租住在公寓里的，也许内心缺少一种安定的感觉，四年间我总是换房子。要么一个人住；要么和朋友合租；要么寄居在别人家。四年间一共搬了四次家，很漂泊的感觉。虽然也过得很开心，但是居无定所，生活不能彻底安定下来，还是会影响到我的工作和心态，那段时间真是一段漂泊的状态。

到了第五年，我母亲的祖父母那里有一栋房子空着，让我搬去住，顺便帮着看房子。那段经历让我最终明白了自己内心真正想要的生活，也让我听到了内心的声音，于是人也气定神闲了很多。

那是一栋昭和风格的平房，有院子和一块很小的菜地，附近就是地铁站，虽然位于城市的繁华地带，但在主干道后面的住宅区里，夜晚十分安静。

在这里，我感受到了住所对一个人的重要性。对于在独栋的房子里长大的我，住在公寓里，总觉得像双脚漂浮着，不接地气；眼前看不到花草和蔬菜这些生机勃勃的绿色植物，感觉非常窒息；在人多的地方，就会觉得焦虑；曾经那么憧憬都市生活，结果却弄得身心俱疲。住在这里，我才后知后觉到这些细节。

生活在城市的时光，对我来说是短暂的，虽然自有它的快乐，但这种快乐却无法延续下去。只是这个道理必须亲身体验过才能明白。没有城市的生活经历，就没有现在大山里的我。只有任性过了，才能脚踏实地地走好未来的路。现在的我，领悟到生活本身是比什么都值得我追求的。

结束了九年的都市生活，回到老家之后，我一直在寻找自己想要的生活。如今，回顾往昔，可以说正是有了这九年的都市生活，以及之后在大山里的三年生活，才让我明白自己内心里真正想要的生活的模样。

梦想一点一点实现

人人都有梦想，我的梦想就是“居住在人烟稀少、水源洁净的山里，过着与大自然、地球、宇宙非常和谐的生活”，以及“打造出适合人们聚集的空间”。这种生活能给我非常大的满足和愉悦。

在前言中，我也曾提及，在没遇到我丈夫之前，我就决定搬到大山里生活。当我内心越来越明确自己想要过什么样的生活后，我就开始行动起来，然后终于找到现在的房子，在这个过程中，我遇到了我的丈夫。

于是，我们在这片绿树环绕的大山里，一边将老房子修葺一新，一边种一些农作物，享受大自然的恩惠，并尽可能地过着自给自足的可持续的原生态生活。并且，还开始吸引了越来越多志同道合的人。

但是，这样的生活，也常不被人理解，他们会说“年轻人应该更喜欢物质生活”。我的父亲在鹿儿岛的乡下长大，因为不甘于自给自足的生活，便来到了爱知县。虽然一开始我也会反问自己，为什么要选择这条路，但是一直没有后悔自己的决定。和我父亲当年一样，不管别人怎么想，我认定这就是我要的幸福生活。

与别人比是完全没有必要的，而是要找到能让自己全身心地觉得幸福的生活或居所才最重要。不过，也不能太好高骛远，否则梦想就会幻灭。虽然，我的丈夫遇到我之前，过了五年的农耕生活，但是刚搬到这里时，也是手足无措，不知道该怎么开始。这就是理想与现实的差距，据说很多人在这里因为各种挫折而不得不放弃离开呢。

我们身边有很多喜欢农村生活的朋友，他们并没有耕种农作物，也没有利用大自然的丰富资源，甚至也不是因为喜欢手作，但他们也能过着让我羡慕的自给的生活。

“乡间生活”、“细致的生活”——最近常听到这样的词语，然而它们的含义却是完全不同的。我觉得我找到了最舒适的平衡感。

无论是住在乡村还是城市，都是同样的道理。不妨将你的构想写下来，或画出来。我当初用彩色铅笔将房屋、田园、院子、生活场景都画了出来，幸运的是它们都一个个地按照我的设想实现了。除了写出来或画出来，还可以向别人描述出来。只有你自己先明确地计划好，才能去实现它。正如有句话叫“有志者事竟成”，这是我一步步走到今天的切身体会。

当然，首先要过好眼前的生活。

然后，试着向前迈出一步。

大胆地畅想未来吧。

学会让自己不焦躁

没想到里山的生活这么忙碌

“算了，就这样吧”，这是我和我妈妈都有的口头禅。面对突发事件，面对心中的不满和烦恼，我们都会用这句口头禅来让自己放松。乍一听，似乎是敷衍了事，其实是给心灵一个空隙。

当我一心追求的大山生活开始后，理想和现实的差距随处可见。凭着脑海中幻想的一幅惬意的山居图，兴冲冲地住到这人迹罕至的大山里，才发现很多问题是自己没有预料到的。修老房子、解决食物来源、寻找水源和火种等能源，这些都比我想象得要艰苦。想起心中的蓝图，恨不得立刻就能完美实现，然而，现实是残酷的，从零开始的我们，每天都非常忙碌、辛劳，还要面对初次怀孕、生产、育儿的问题，可以说真是焦头烂额。

虽然修缮老房子主要是丈夫在出力，但为了养家糊口，他还要继续从事榻榻米工匠的工作，在我们搬入大山的第一年，就腾出了一间空屋，作为榻榻米工房，开门营业。

此外，为了解决温饱问题，还要负责菜园里的农活。为了取暖和做饭，还要砌锅炉和烟囱，那就首先要在房顶和墙壁上凿洞；锅炉砌好了，还要去后山找木柴生火；为了保证山林的生态，还要定期进行疏伐工作。夏天还要经常除草；遇上下雨天，还要爬上房子补屋顶；哪儿的门歪了，还要修门……就这样一边要翻新，一边要补旧。

丈夫经常要同时忙几件事，这里忙一把，

那里忙一把，每一天都很忙碌，很难有休息的时间。在生孩子之前，我会在丈夫的指导下，和他一起种地、修房子，有了孩子，大部分事情就变成了他的负担。

平时的家务活，也不像现代家庭一样，摁下开关就可以轻松解决了，都是挑要紧的先忙完，再忙下一件，所以家里总是某个地方是施工到一半的状态。稍微有点空闲了，还要忙着把一些食物做成干货保存起来；或者要去院子里除除草；或者去劈柴火……每天都过得很快，基本没有时间搞什么娱乐，就是一个劲儿地干活儿、干活儿。亲身实践了才知道，要在这大山里把日子过起来，要想让许多年没住人的老房子焕然一新，是要耗费多么巨大的精力和体力啊。

我们隔壁住着一位八十岁的老奶奶，每当她看到我们夫妻俩没日没夜地忙碌的样子，都会对我们说："别急别急，慢慢来！"当时我们夫妻俩恨不得一天就把活儿都干完，一觉醒来就能住上崭新的房子，所以对老奶奶的话根本听不进去。但是，很快我们就累得力不从心了。我加上正怀孕的原因，所以觉得特别疲惫，甚至还会向丈夫发脾气，影响了夫妻关系。这个时候，我冷静下来，叹了口气："算了，就这样吧。"反省自己可能确实太心急、太焦虑了。

于是，我听从老奶奶的建议，放慢脚步，心平气和。毕竟老奶奶活了八十年了，是过来人，肯定比我们有远见多了。本来修葺老房子是为了开心地生活，结果操之过急，反而弄得两人不开心，何必呢？

有了孩子之后，育儿和家务几乎耗尽了我

所有的精力，丈夫的压力就更大了。小两口一下子变成一家三口，我们变得更加忙乱和劳累。

育儿当然是重中之重的任务，但是在这样严苛的生活条件下，确实会被分心。千头万绪的杂事和繁重的工作，让我们两个人经常吵架。

而且，丈夫工作的榻榻米工房离家只有两分钟路程，所以我们几乎一直在一起，当然容易吵架。回头想想，当时确实很依赖他。

另一方面，我没有相似处境的朋友可以倾诉，所以也造成了情绪的压抑。为了舒缓局面，我们夫妻二人经常沟通、谈心。毕竟新生命的降临，改变了我们的相处模式，随着孩子的长大，初为父母的我们需要面对的困难会很多，但正是这种磨合与适应的过程，加强了我们夫妻和亲子的纽带，让我们变成深爱彼此的一家人，所以，这段时间也是非常值得回忆的时光。

找到乐子，日子就有趣多了

大山里的生活才刚刚开始，如今，我已经不再焦躁了，学会了放慢节奏，每天做一些，心态就平和多了。我们是和大自然生活在一起的，那么不妨跟随它的脚步慢慢来。毕竟，家住得越来越舒心，菜园里有可采摘的蔬菜，火炉越来越温暖了，每天都会有心满意足的感动，蓦然发现，这不就是我要的生活吗？

“算了，就这样吧。”每当我劳累的时候，这句话会让我的内心得到一些缓冲，心情也跟着变好了；心情一变好，疲劳感似乎也消失了，工作效率反而提高了。

我身边有家人，以及像家人一样亲密的邻居和朋友。大家不论大事小事，都会互相扶持，互相帮助。随着时代的发展，人们更加注重家人之间的情感纽带、人与人之间的关系，我想这就是新的生活方式最理想的状态。

“算了，就这样吧”，这句话就是一个奇妙的情绪开关，它让自己得到释放的同时，也更加能包容别人，并心平气和地面对所发生的事，如此说来，这真是一句带来正能量的口头禅啊。

既然世间没有完美，那么就不要勉强，而是豁达面对。

有时候，做到“差不多”就行了，这就是我寻找到的一种平衡。

第二章

通过植物获得能量

丰富一日三餐

用柴火和土砂锅来做饭

没有微波炉的厨房

做饭，这是日常生活中极其常见的一种家务，然而，却有各种各样的方式。比如，用柴火和土砂锅慢炖出一碗汤，也可以连锅都不用，直接将速食汤包倒进碗中，用开水一冲，也是一碗汤。两者看上去区别也不大。

我家里既没有微波炉，也没有电水壶，连煮米饭也不用电饭煲，直接用锅。每天的一日三餐以及生活饮水，完全靠柴火和锅解决。微波炉能够让烹饪变得更高效，几乎是每一个现代家庭的必备品。但是，微波炉会破坏食物成分，减少食物的营养和能量摄入，而且电磁波有可能对身体造成不好的影响。这样为了图方便，而牺牲食物本身的营养，真是有些本末倒置啊。如果我是蔬菜的话，我可不希望人们简单地把我放进微波炉，转动一下按钮，然后“叮”一声就好了。我希望人们慢慢地、用心地用时间释放我的美味。

在我的成长记忆中，母亲十分注重一日三餐的质量。米饭、味噌汤、再加一道炖菜是基本配置，食材以蔬菜为主，时常伴有鱼和肉，这是典型的日本传统和食。连我平时吃的零食，也是母亲亲自做的。基本上没什么机会接触快餐食品，所以，高中的时候，我对快餐特别憧憬，还经常去快餐店换换口味。这是一种越是没有、越是稀罕的心理吧。

我十八岁那年离开家，开始独自生活。生活节奏的加快，让我更多地选择在外面吃，或者买便利店的盒饭或现成的熟食回来果腹。这似乎是理所当然的现代生活方式，却让我的身体一天天地走下坡路。回头想想，那段时期自己的肚子总是胀胀的，注意力不集中，耐性变差，精神状态也特别不好。餐桌上的菜肴总是让人食欲寡淡。

说到健康饮食，锅也是非常重要的。我家绝不使用铝锅和特氟龙加工的锅。因为铝这种元素进入人体后很难被排出，长期食用会对人体形成各种危害。而特氟龙锅具在加工过程中就含有各种有害物质，同时，为了防止烧焦，表面涂层做了加工，其中也含有一些有害物质。所以为了家人的健康，我尽量避免使用这些锅具。

我最喜欢的是用陶土做的土砂锅。最近基本都是用它在做饭，甚至包括孩子的辅食。不仅健康，孩子们也特别爱吃。有意思的是，同样的一道菜，不同的烹饪方式，其口感是不一样的。用土砂锅做的菜，家人是最爱吃的。

再比如，我家以前的糙米饭一直是用压力锅做的，后来觉得冬季以外的季节，用压力锅过于厚重。改用土砂锅之后，水分慢慢地渗透进米粒，煮出来的米饭更加松软美味。特别是用土砂锅和柴火烹饪的菜肴，哪怕只放盐，什么别的调料都不放都特别香。

这两天，我用土砂锅做了日本人在冬天常吃的红豆羹，没有放任何甜的调料，红豆天然的甘甜就释放出来了，真是非常香甜。土砂锅能最大限度地保留食材自身的香味和能量，让人更加健康。对于我这样初来乍到的山民，幸亏有这样温暖健康的食物，才让我能抵御住冬天的严寒。

我想所谓的料理，是综合了刀法、调料以及食材质量、烹饪器具、炉灶火源的总和。

红通通的火苗上自己喜爱的锅在咕嘟咕嘟地炖菜，对家人的爱是其中的一味调料……于是心中自然地翻腾起对生活的热爱。

不要被眼前的一点点节省时间的便利所迷惑，不如为自己、为家人做一顿用心、健康、可口的饭菜吧。

试着开始吃素食

喜欢上杂粮的颗粒感

大多数的家庭，每日的三餐构成都离不开肉、鱼、鸡蛋吧。我的朋友说，不吃这些会觉得没力气，我想这也代表大多数人的想法。但是，我觉得如果每天都吃这么好、这么精细的话，人的肠胃会很疲劳，对美食也会缺少感恩吧。

我家的三餐基本构成是杂粮配素菜，虽然听上去很单调，其实只要用心，一样可以丰富多彩。只用蔬菜、豆类、海藻类来做菜，也许有人会认为太匮乏，其实完全不然，单就蔬菜就可以挑大梁。

我家的每餐基本是由米饭（糙米）、汤（味

噌汤或杂粮蔬菜汤）、主菜1~2道（蔬菜、海藻类或豆制品等）、杂粮组成。早餐由米饭、汤汁、腌梅干、现成的一道常备菜组成，午饭经常会吃清爽的面类。

我会做一些豆类或其他的常备菜备用，比如红豆和黑豆等家人爱吃的。蔬菜主要从菜园里采摘当季的，所以季节不同，菜肴也跟着变化。

我还会用大黄米、小米、苋菜、日本稷子等杂粮让餐桌变得更丰富，杂粮饺子、炸蔬菜、杂粮饼等也是家常做法，这样让蔬菜不会那么单调，显得更有质感，口味上也不输给鱼肉或奶酪。不仅营养价值很高，饱满的颗粒感吃起来更加有趣。

另外，杂粮还被我用来做汤和凉拌菜。如果没有糙米的话，为了增加营养，我也会用杂粮来拌着大米煮饭。我很喜欢吃杂粮，而且烹饪手法也很多样，所以是我们家餐桌的常客。

豆类、萝卜干、高野豆腐也是我家餐桌常客。豆子可以煮着吃，也可以做成沙拉、煎豆饼或油炸豆饼。高野豆腐和萝卜干炖羊栖菜也是我家的常备菜。

特别劳累的时候，大豆的优质蛋白是个宝。油炸的、薄片的、糊状的，各种各样，且质感不逊色于肉类，与蔬菜搭配起来也很协调，不愧是素中之荤。

我的丈夫也很爱吃杂粮和高野豆腐，米饭、汤、能调理肠胃的萝卜干或葛根、富含矿物质的芝麻或海藻类食物，以及日本本地的纳豆、腌梅干，还有咸菜等，这些对身体十分健康的食材，丈夫和我每天必吃。

身体有需要时，大鱼大肉也要吃

丈夫在认识我的几年前，就形成了以自家

种的米和蔬菜为核心的饮食方式，有时会吃鱼肉和自己养的鸡下的鸡蛋。和我结婚的这两年间，他几乎只吃杂粮和素食，渐渐地能体察到自己身体的细微变化，非常开心。

倒是最近，丈夫会常常想吃肉，所以在外面、在家里都不会忍着，鱼也好、肉也好、鸡蛋也好，想吃的时候就会吃，因为忍耐对身体不好，不如听从自己身体的声音，让饮食和心理都变得平衡。相对而言，我倒没有吃鱼吃肉的需要，也许男性的身体本能地会需要肉食吧。

以素食为基础的饮食结构，会让人更加容易感知到身体发出的信号。大家不妨在保证营养均衡的前提下，先从每周吃几顿全素食开始试试。

“渐渐地觉得肠胃很清爽”，“睡眠也变好

了”，“心情也变得平和了很多”……不知不觉间，你就会感觉到身体和心理的变化。变化的进度也许因人而异，但当你觉得自己更加容易感知到身体的变化时，身体和内心的平衡感会更好，处理工作和家庭的关系也会更加顺利，整个人的状态都会好起来。

蔬菜汤、撒了一点盐的蒸蔬菜、当季的凉拌菜、腌咸菜、炖煮萝卜干、海藻沙拉、豆腐杂粮饼、大豆咖喱——你看，利用现有的食材，配合适当的调料，可以做出十分丰富的菜肴。

但是也不要被它所束缚。曾经，我绝对不允许自认为不好的食材进入我的身体，会讨厌被别人邀请在外面吃饭，会讨厌身边都是让我不放心的食材。吃饭本来是很开心的事情，却被我弄得十分死板，让自己变得被周围排斥，陷入孤立。

后来，出去旅游或外出的时候，平时不吃的东西我也会吃，跟朋友聚会，只要开心吃撑了也没关系。有时候带孩子太忙了，也会吃得很快，也会草草地做一顿饭，也会没有余力太讲究饮食，很多时候确实会身不由己。

但我把这些当成是一种调剂。学会随机应变，只在力所能及的范围内去实践自己的健康理念。

这样一来，任何时间、任何地点都不会成为我饮食习惯的障碍，当我心态放开之后，食物才真正地丰富了我的生活。

植物的巨大能量

与杂粮素食的相遇

大约八年前，二十六岁的我开始了杂粮素食的饮食方式。这句话似乎特别像出自长寿饮食法的书籍，其实当时的我并不知道什么长寿饮食法，只是希望能吃一些对身体比较温和的食物，非要归类的话，也许接近于素食主义吧。其实我决定这么做，也是有原因的。

当时，我从事着美容师的工作，因为工作压力，身体开始走下坡路，还被慢性生理痛折磨着。于是我开始寻找让自己健康的方法，并研究饮食与健康的关系，以期望改变自己的体质。

此外，当时我还喜欢上了雷鬼（reggae）

音乐，并受其影响，对其所倡导的纯天然素食开始感兴趣。并关心起嬉皮文化、各国宗教、音乐、艺术与饮食的关系，以及包括日本的“精进料理”在内的世界各国素食主义的种类、思想、内涵。于是，我发现所谓的“自然饮食”、“素食”的背后，有着很多类型和门派。

开始素食之后，我也认识了一些素食主义者，于是，我渐渐被一个全新的世界吸引，它让我明白，每一个人的饮食方式，都可以影响到环境和饥饿问题。

当时的我正处在对大城市幻想的破灭后，对现代文明社会感到不适应的阶段。回归自然的行为和思想让我有了共鸣，并觉得非常有魅力。我忍不住开始憧憬素食生活将带给我身体的变化，以及生活方式的颠覆。就这样，在改变体质和体验回归自然的思想的双重目的下，我开始了杂粮素食的饮食方式。

我开始杜绝一切肉、鱼、蛋、乳制品等动物性食品及其加工品，以及加了白砂糖、添加剂的人工食品，而以糙米、杂粮、豆类、海藻、蔬菜为中心。

五年前，我接触到了“正食=自然平衡（Macrobiotic）”的理念，也读了一些这方面的书，但是觉得晦涩难懂，没兴趣读下去，也觉得自己很难坚持。

但是，一个偶然的机会，我认识了一位自然平衡素食主义的讲师，并与他成了朋友。在他的讲解下，我一下子如醍醐灌顶，原来这是如此自由而有趣的世界啊。出于这个机缘，我开始参加各地的讲座，并到提供素食的旅馆去工作，还去读了“正食协会”在大阪举办的素食烹饪课程。

自然平衡素食主义的理念并不只是教你如何

管理自己的一日三餐，更主要的是教给了你一种生活态度。这与“素食主义者”或“自然回归”的理念不同，自然平衡素食主义主张根据季节和体质来选择调理法，并遵从阴阳五行理论和宇宙、自然法则，来安排自己的饮食，从而达到身体、心灵、灵魂的平衡，给人带来幸福和自由的感受，甚至让人们领悟到超越饮食领域的、东洋乃至宇宙哲学范畴的东西。

自然平衡素食主义理论的根源中，有日本自古以来流传的“食养生”理论，两者有异曲同工之处。我受之影响颇深，甚至改变了我的人生观。我的知识和人生经验尚浅，以后还要继续一边实践一边学习，将来还有更加深奥而有趣的内涵等我去领悟呢。将自然平衡素食主义应用到我的生活中后，我觉得获得了一种让自己变得更快乐、更饱满的智慧。

还有一个原因，我从小就是一个特别爱吃米的孩子，而不爱吃牛奶、鱼肉、虾贝、生肉等散发着腥味的食物。记得小学的时候，学校发的牛奶我一直都是给别的同学吃的。也不喜欢砂糖等甜味的东西，比如蛋糕、鲜奶油等。我曾担心自己这样下去会严重偏食，直到接触了杂粮素食法，才欣喜地找到了营养均衡的方法，仿佛自己得救了一般。那些利用自然农耕法栽培出来的与农药绝缘的大米、蔬菜等各种食材，以及不使用砂糖制作出来的散发着天然香甜的点心，真的是美味得无以复加，这种淳朴的美味才是真正让我感动的。

周身的细胞被取悦，感觉更加敏锐

开始吃杂粮素食的几年来，我身体力行地实践着这种饮食方法，渐渐地觉得从身体到心灵都变得快乐起来，一种幸福感如影随形。不仅是饮食，我的生活的方方面面都变得特别协调。大自然和杂粮素食已经成为我日常生活的一部分。

无论说是为了改善体质也好，被素食主义的理论说服也好，都并不意味着我要从此不食人间烟火，变得与他人格格不入。结婚、生子、拥有自己的家庭，这些经历多少会影响我的饮食习惯。最近，我还经常在外面吃饭，会不得不吃一些平时不吃的东西，但是这并不会成为我的心理负担，这些食物对我来说只是好吃而已，这一刻“我的身体细胞是快乐的”，仅此而已。这八年来，我越来越觉得我能听到自己身体和心灵的声音，而且当有外来因素打破我的饮食平衡时，我会及时地找到办法恢复。

人吃饭有各种目的，必吃的一日三餐、顺应季节的时令菜、有一定疗效的菜、让身体恢复元气的菜……搬到山上住以后，我开始一点一点地尝试吃野草和树上的果子，我的细胞能感受到来自植物的巨大能量，我的内心也对食物有了更大的探知欲，大自然对我来说也更加充满魔力。

我出生的年代，日本已经告别了饥饿，完全没有温饱问题，食物非常丰富。曾经被认为的奢侈也变成了日常，然而，依然有很多人出现了身体或心理的问题。要是在物质匮乏的年代，这样的条件应该是人人都精神百倍，身体的本能也变得更敏锐才对啊。

我想，也许是我的身体细胞对日本自古以来的饮食方式和生活方式有所反应吧。在自然平衡素食主义中，就包含着日本自古以来的传统饮食文化思想。与其说改善饮食，不如说让饮食返祖，返回到原始状态。于是，我选择了杂粮素食这条路。

但是，这到底是不是绝对正确的呢？我想这个答案是因人而异的，每个人都有自己所崇尚的“自然饮食”，所以标准答案并非只有一个，但这是我心中的正确答案。

当我们选择让自己身体感到愉悦的饮食时，我们的身体细胞也会随之愉悦，整个人会由内而外地精神饱满起来。

感觉会越来越敏锐。

要靠自己的感觉去寻找对你重要的东西。

锻炼自己的感觉也是生存的一种力量。

在厨房里忙前忙后

艾蒿、梅子、薤白、栗子、柿子都被我制成了干货储存起来

除了每天亲手为家人做一日三餐，连调料、干货、零食我都会尽量自己亲手做。自己亲手做的食物，即使品相不够上乘，也觉得足够美味，就像自己的孩子一样珍视着。而且也不用花什么钱，吃起来也十分放心，真是百利而无一害。住在山上，每个季节要为不同的食物而忙碌着。

春天，万物复苏，草长莺飞。菜园内蔬菜、香草、野草都绿了，一片欣欣向荣。这个季节，在家附近采摘艾蒿是最有趣的，摘来的

艾蒿叶可以煮粥，也可以做成团子，或者拌在蒸的点心里面，都特别好吃。而且叶子比较柔软，苦味也比较少。高一些的艾蒿可以做成艾蒿干，用来泡茶或沐浴都很健康，还能治疗烫伤呢，真是宝物啊。

到了初夏时节，菜园里的农活告一段落，可以摘梅子和薤白了。我们家几乎每天都吃梅干，身体有所不适的时候，也会用它来调理。我们夫妇二人都对梅子有强烈的喜爱，所以这段时期梅子是我们家的主要话题。

我家的梅子，一部分来自自己种植，一部分来自母亲的朋友相赠。去年，朋友也送了一些给我们，所以我腌了四十公斤的梅子。这些都是他们自己种植的，所以没有农药，让我觉得很感激。市面上出售的梅干，有很多是含有添加剂、甜味剂等添加物的，其实这些完全没有必要，只要放盐和紫苏就可以腌出非常美味的梅干了，非常简单易学。而且，用盐腌渍时，还能自然地产出一种副产品——梅醋。如果特意买，还很贵，自己做不仅很简单，产量也很多，非常划算。我家一直用它代替醋呢。手捏饭团时，用梅醋代替蘸手的水，可以有杀菌、防腐的作用。此外，梅子还可以制成梅酵素汁、梅子酱油、梅子果酱、梅肉精华等，真是有利健康的好东西啊。在带孩子的闲暇时光里，我经常埋首于厨房制作梅干。

再来说说薤白，剥皮的过程是最繁琐的。皮剥好了，用盐腌上就算完成了。我家腌了甜醋、酱油、梅醋三种口味的薤白，我最喜欢的是酱油口味的。

秋天，是各种果实丰收的季节。当树木的颜色变深，意味着栗子就要成熟了。住在山里有一大好处就是，出门散步就能捡到栗子，只管弯腰捡拾便是。捡回来的栗子，可以煮着吃、烤着吃，也可以做成栗子饭、栗子点心，任凭你发挥。剥下来的栗子壳，还可以作为燃料，所以完全不产生垃圾。

秋天还有一种人见人爱的美味，那就是柿子。我家周围种着甜柿子和涩柿子。甜柿子成熟之后可以直接吃，涩柿子待干燥后做成柿子干。这也是我特别爱吃的零食。制作柿子干也很简单，只要用绳子悬挂起来，交给太阳、风、大自然就可以了。简单得完全没有技巧可言，却非常好吃。我们租借的菜园里就种着一棵涩柿子树，可以尽情地采摘，这让我们觉得很幸运。

时间成就的美味——味噌和酱油

冬季的厨房里，离不开味噌和酱油。材料

很简单，就是黄豆、麹、盐。在曲霉和酵母菌的作用下，就可以实现美味了。每当此时，我都会由衷地对日本的发酵饮食文化心生敬意。

味噌汤是我一年四季都爱喝的，一般春天和夏天会用清爽的大麦味噌，秋冬季节则是醇厚的大豆味噌。丈夫几年前做的黑豆味噌，至今依然是我秋冬季节的心头所好。根据季节和身体状态，用味噌来烹制每天的汤汁，会让身体的每个细胞都被照顾得妥妥的。味噌还可以用来给菜肴和点心提味，真是万能的食材啊。

酱油是我一直想做的，所以四年前，我参加了朋友的酱油体验活动，我们去长野县，在当地使用古法酿酱油的工匠的指导下，我们学习了如何酿酱油。

为了酿出一年的量，从去年开始，我就四处搜集酿酱油用的桶，开始做准备。看着大豆和麦子一点一点变化的样子，感觉它们也和我生活在一起，非常可爱。等到二月份就可以酿造出我家的第一批酱油了，真是让我期待不已。

刚酿好的酱油真的好香啊，连过滤下来的粕也很好吃，而且很有能量，只一口就觉得精神百倍。

除了酱油和味噌，我还自己动手晒萝卜干、芋茎干等干货，新姜的季节会做姜汁；院子里的薄荷叶采来做成薄荷汁；百里香采来做成百里香汁等等。自己亲自动手做了，才发现这些其实很简单，要么切好了晾上，要么撒点盐腌上，要么拌一拌就可以了，比我想象的要容易得多。况且，是做给自己和家人吃的，就算味道不那么完美也没关系，总会达到最理想的状态。这么想着我就一直做着。

至今我依然记得，小时候妈妈做各种好吃的给我们家人吃的那种幸福感。

现在，我自己已为人母，希望也能给孩子留下这样美好的回忆。

这种传承，才是为家人亲手做各种美味的真正意义所在。

厨房里也有灵丹妙药

浮肿了用魔芋敷一下，发烧了用卷心菜

如果身体感觉不舒服，我尽量不去医院，不依赖药物。因为我家的厨房就有良药。

如果发烧了，就把卷心菜的叶子盖在头上，孩子这样做还显得特别可爱。如果是高烧的话，就把豆腐贴在额头上。不同于市面上的退烧药，两者可以温和地退烧。

如果是肝脏或肾脏出现问题了，就用魔芋敷一下，尤其是怀孕的时候，身体特别容易浮肿，也容易感到疲惫，所以我每天都会敷，第二天会觉得轻快很多，我丈夫也很喜欢敷，会经常陪我一起敷。

但最常使用的是腌梅干。每天的早餐里有

它，出去吃饭也必然带着它。吃了什么不习惯的东西，或者吃撑了的时候来一点，肠胃就会舒服很多。如果腌梅干吃完了，我就会来一勺自制的梅肉精华膏，它还能起到缓解疲劳的作用，一直是日本家庭常备的万能药呢。用“三年番茶”冲兑腌梅干与生姜、酱油制成的梅酱番茶，也是我的日常饮料。无论是寒冷的早晨，还是内脏不舒服的时候，或者感冒初期，喝了梅酱番茶，立刻就能让身体温热起来，并产生一系列的养生效果，甚至在我生孩子的时候，也起了作用呢。

另外，红豆、生姜、葛根、萝卜干、萝卜、味噌、苹果汁等也是家中常用的，所以随时都备着。

结婚有孩子之后，就更加需要使用这些有治愈力的食材，这让我深切地感受到食物的力量、植物的力量。

这些神奇的食物，安抚了我的心情，让我的生活变得风调雨顺，让我可以用自己的力量守护家人。

厨房真是一个带来幸福力的空间啊。

食物教给我的八条心得

1. 学会感谢生命

人的生存是与众多的生命相联系的，也是建立在其他生命的基础上的，所以要对成为我们食物的生命心存感谢和敬意。

2. 身土不二、一物全体

这是有机咖啡教室的老师教给我的两句话，是日本传统的思想和饮食理念，对我影响很深。

“身土不二”是指人要从自己生长的土地，按照季节去获取食物。自己生活的地方所生长的食物，与自己有着类似的能量和气场；食物里程也会缩短。（日本的食物里程绝对很长）

同时，还要根据季节来选择食物。如今在超市里，人们可以买到各个季节的蔬菜和水果。但是，每个季节吃什么样的食物自有其道理，比如夏天人们需要凉爽，所以地里就长出了可以为身体降温的西红柿、黄瓜；而冬天人们需要温暖，所以地里就长出了根茎类的食物。

所以，一方水土的人就要按照季节，吃那一方水土的食物。还要根据季节选择烹饪方法，比如夏天减少火候的时间，而冬天要用文火慢慢炖煮食物。这样的饮食方式才能让食物充分地滋养身体，并增加身体的抵抗力，才能更好地适应环境的变化。

而“一物全体”则是物尽其用的意思。比如蔬菜不要去皮，不要扔掉根，要将食物完全地消化掉（当然这是以无农药、无肥料的种植方式为基础）。这样食物的营养和能量才能完全被吸收。

3. 学会聆听自己的身体

我们的身体想吃什么，需要什么，其实身体都知道。所以，觉得想吃什么的时候，尽管吃。只是，现代食物中含有农药和有害物质的危险性很高，转基因食品、化学调味剂等添加剂横行，有些食物使用了精加工的砂糖，各种非天然食物占据了超市、便利店、餐厅。所以人们对身体的感知能力越来越迟钝，这对于温饱问题还没有解决的欠发达国家来说，是一种不可思议的奢侈行为。

我通过纯天然的饮食方式，将身体的敏感找回来了。比如说，我吃一些市面上出售的零食，里面的砂糖会让我觉得喉咙痛，当天晚上会有类似于感冒的感觉。出去吃饭的话，很快我就会觉得皮肤发痒，还会伴随头痛等症状，而我丈夫则会一直打喷嚏。

于是，我们夫妇在那一天就都会非常不舒服，情绪也会跟着不稳定。由于偶尔在外面吃，所以身体的变化会非常明显地显现出来。

但是，食物没有恶意，并没有觉得这是负面的，只是我的身体通过这些食物在向我发出不舒服的信号。

比如说，当我吃凉的东西过量的时候，就会想吃味噌杂烩粥这种能让身体变暖的食物，或者不自觉地会想吃腌梅干、红豆等食物，无须思考，身体在那个瞬间自然地会有吃某种食物的欲望，从而达到一种平衡，当我们有意识地去调和膳食平衡以及身体的感受，就会更加容易健康。

当你感觉到自己的身体和心理都达到了一个很好的状态，只要稍微失去平衡，就会立刻感觉到，然后加以改善，下次再如法炮制，会更加得心应手。

每天，我的身体通过五感向我发送信号，于是我感知到了四季，感知到了月盈月缺。就这样，各种各样的变化，影响了我对食物的欲望，决定了我的身体需要什么，而能读懂这些信号的，只有我自己本人。

4. 选择有生命的食材

要选择野生的、自然生长的、自家周围生长的食物，以及明确知道来源的食物。比如，使用按照传统方法制作出来的盐、酱油、味噌、油等调料烹煮食物，不仅味道更好，提供的能量也更多。

我家每天的菜肴，不论调味方法还是烹饪手法，都尽可能地简单朴素，让食物本来的能量充分地发挥出来。比如，将蔬菜放入砂锅炖煮，捏一小把盐，然后放在柴火上慢慢地煮熟，就这么简单，但味道非常可口，简直是一道奢侈的美味。

我在外面吃饭，几乎就没有吃好过，吃完了也没什么精神。由于没吃好，所以总是想再吃点什么，这种状态让我很不喜欢，于是，渐渐地我再也没有了在外面吃的想法，身体也对外面的饮食产生了抗拒。我想，没有人会与纯天然的食物为敌的。

只要食材本身够好，无须做太多的处理，简单直接地烹饪一下，就会觉得体内得到了一种能量，所以不需吃太多，也会觉得很满足。即使很简朴，也会给身体带来巨大的能量。正因为如此，我每天才能有力气操持里山家里的一切事务。

5. 施展魔法

所谓的魔法，是指凝视着食材，然后像与

它对话一般，问它：“今天该怎么吃呢？”于是，你会一边想象着自己、家人、朋友、客人们吃到食物时满足的微笑的脸，一边充满感情地去烹煮菜肴。这样，你的菜就像被你施了魔法，变成你期待的美味。

当我吃别人做的菜时，能多多少少地感觉到主人在烹饪时的内心状态，是否用心能通过食物感受到。所以，每一天，我都会带着对家人的爱，在厨房忙碌，精心烹制菜肴。你的爱才是最大的调料。

6. 心情影响美味

举个例子来说，你与喜欢的人一起谈笑风生地用餐，相比两个人吵架后冷战着，相互默默地用餐，即使是完全一样的食物，吃到嘴里的滋味肯定是完全不一样的。

有一次，我和丈夫有一些小摩擦之后，带

着不太愉悦的心情吃饭，平素的菜肴变得难以置信地难吃，真是可惜了那些菜。

“这个不好吃”、“我不想吃”、“这饭吃得真没意思”……当你带着这种负面情绪面对食物时，这种负能量会进入你的身体、内心，消化酶也会因此而懒惰。所以，让我们带着笑容坐到餐桌前，愉快地用餐吧。

7. 细嚼慢咽很重要

每一口要嚼三十次以上。通过细嚼慢咽，可以促进唾液的分泌，刺激消化酶的活动，从而带动植物性神经系统和内脏的运作，而且还能较快地获得饱腹感，防止饮食过量。

我曾经有一段时间吃得特别快，所以很容易暴饮暴食，这导致我精神萎靡，内心焦虑。进食的速度，就是你生活节奏的体现，也是你内心的速度。繁忙的现代人，普遍存在吃饭过快、暴饮暴食的现象，这样会对身体形成负担的。其实我觉得，日本人吃饭的时间本来就很短。

咀嚼。咀嚼。神。（译者按：日语中咀嚼与神是同音字）

8. 饿极了和八分饱

这是我有了孩子之后特别有感触的一点，就是说，与其定时定点定量地进食，不如顺其自然，肚子饿了就吃饭。毕竟，只要生活节奏稳定，饿的时间也是基本稳定的。

到吃饭时间了，端起饭碗为了吃而吃，与饿极了的时候，坐到饭桌前大口大口地吃饭，所感觉到的美味程度肯定是大相径庭的。搬到大山里之后，每天都要干很多活，所以每一顿饭都觉得特别香，睡眠也特别好。

孩子们也每天在外面撒着欢地尽情玩耍，

所以吃饭的时候，哪怕只是一个饭团，他们都会非常美味地吃起来。充分地活动后，肚子饿得扁扁的，他们自己就会非常主动地愿意吃饭，所以“空腹”也是一味很重要的调料。

其次，不要吃过量也很重要。否则，从你的身体和心理会很容易看出来。虽然这么说，我自己也有吃得过饱的时候，于是会变得很困，头脑也反应迟钝，注意力也不太容易集中，身体变得笨重、疲惫……各种不适袭来，真是让我觉得痛苦万分。而且，身体的能量都被消化而占据了。

所以，在吃到八分饱的时候，及时放下筷子，才能保证头脑清醒，工作效率变高，而且下一顿饭也会吃得很香。简而言之，就是要知足。

其实，我说的这些，都不是什么大不了的

事，很多道理大家都知道。然而，正是一些平时我们认为的常识，却是最重要的，最容易被我们遗忘的。

你所吃进去的食物，决定了有一个怎样的你。

选择怎样的食物，怎样的做法，就会有一个怎样的你。

你终会变成你所选择的自己。

第三章

仪容和修养

懂得真正的美丽

肤质得到改善，更胜过化妆

什么都没擦，却变得水嫩光滑

我现在完全是不化妆的。记不得从什么时候开始，化妆让我觉得特别不自然，于是，就觉得没有必要了。

本来我只有参加一些仪式的时候，才会化妆。而且，通过化妆，确实可以为自己带来自信，让自己心情愉悦。这也说明了，化妆只是在一定的时间、地点、场合下才有必要。虽然对人的容貌产生很美的效果，但是，我觉得完全素颜生活，更加惬意。

所以，我不给肌肤增加不必要的东西，只做一些简单的护肤，这样就减轻了肌肤的负担。洗脸的话，连洁面皂都不用，只用清水或温水，甚至有时候洗完脸也不擦任何东西。起初这么做，是因为想试试像丈夫那样什么都不擦。一开始，皮肤确实会觉得干燥紧绷，但很快就好了。我想皮肤也需要一个适应的过程吧。就像植物一样，营养给予过多，生命力就会变得薄弱，所以不能保护得太过。当人们化妆化得越多，就越需要强力的卸妆和洁面产品，然后又要强力的护肤产品，这样来回一折腾，皮肤的负担就会加重。

其实，只要保持自然的状态就好，稍微做一些简单温和的保养就够了。生活在大山里，每天被洁净的空气和水包围，这也是一大有利因素。再加上我坚持的杂粮素食的饮食方式，让我的体内变得很健康、干净，而五脏六腑的状态变好了，整个人的身体和心态也会变得很好，于是，反映在外在的皮肤上，就会随之显得光滑而年轻起来。所以，不需要做太多的美容和保养。当然，不规律的生活和睡眠不足也是肌肤的大敌，所以生活节奏也是很重要的因素。

气候宜人的季节，虽然不需要做太多的皮肤保养，但日照强烈的夏季和干燥的冬季除外。而这两个季节里，我用的乳液是我自己制作的。

为了自己做护肤品，我查了很多资料，发现远比我想象的要复杂，而且很多材料很难从生活中找到，我甚至考虑一下子买齐。

最终，枇杷叶帮我实现了这个愿望。我的老家有很多枇杷树，所以原材料很好采集。枇杷本身有各种功效，在我的生活中也起着很重要的作用。关于枇杷乳液的做法，我会在后面介绍的，大家不妨试一试。

自制的枇杷乳液，由于不含有任何的防腐

剂，所以不能存放太久，根据季节不同，只能放冰箱保存1~2周。由于不含有任何添加剂，可以安心使用。对我儿子的尿布疹或皮肤干燥也很有效呢。

具体做法我会在本书的第113页具体介绍的。

泡澡时利用蒸橄榄油做一次集中护肤

护肤用的橄榄油有很好的保湿效果，并能防止肌肤氧化。每当我觉得皮肤干燥的时候，就会涂抹一些。在洁面后或泡澡时，毛孔都打开的状态下，涂上橄榄油，然后用温热的毛巾敷一会儿，这样连续敷几天之后，肌肤就又恢复水润了。我一般敷一次就见效了。一边泡澡一边敷脸，就有蒸汽美容的效果，这是我一个在纯天然化妆品店工作的朋友教我的办法，实践下来的确很有效。

植物所含有的能量真是让人惊叹，可以为肌肤带来改变。

健康的食物，高质量的睡眠，优质的植物，有了这些，肌肤也会跟着好起来。

于地球无害之物，于肌肤也无害

天然的生活方式和饮食，让污浊和体味都更天然

我们平时用的肥皂、洗发水、洗衣液等日化用品，最终都会流向河川、大海、地球。我们所赖以生存的地球，是否应该尽量为它做些什么呢？

第一次有这个想法，是我二十一岁那年，那时我是一名美容师，在学习过程中，我对各种洗发水以及美发沙龙用的专业级洗剂产生了疑问。当时，我所工作的那家店的店主，坚持给顾客使用对头发温和的产品，比如用植物色素染发，不使用药剂烫发等。洗发水也尽量使用优质健康的。

但是，一般情况下，染发或烫发中使用的

较强的药剂，不仅对头发本身有较大的伤害，对人手部皮肤的伤害也很大。我就因此手部皮肤变得干燥，还因为染发而变得头皮起疹子。当时，我觉得时尚漂亮是最重要的，身体的健康完全是次要的。身体给我敲响警钟之后，我开始刻意地使用对头发温和的洗发水及护发用品。

辞去美容师的工作之后，我的生活节奏一下子变慢了。我开始从饮食、环境、生活各方面审视并注意起来。首先，从日常小事着手，做一些改变。

于是，大约从九年前开始，我将所有的生活日化用品换成利于环保的。比如用阿勒颇皂洁面和沐浴；用奥泊丽（Aubrey Organics）的洗发水；用欧维洁（Ecover）的洗洁精洗碗；用太阳油脂（paxnaturon）皂粉洗衣服。

这些产品的成分来自天然植物，而非石油，所以可以放心地使用。而且，由于成分比较温和，污渍能被很柔缓地洗掉，香气也很温柔，用着让人心情舒爽。用久了，自己的皮肤也会跟着变好。那些号称能强力去污的产品，对人、对地球都会造成很大的负担。

如今，我家无论是洗脸、洗头发还是洗澡，几乎连香皂都不用。追求天然的生活方式和饮食习惯，使我们身体的污垢和体味都变得很轻和，连去污力很柔和的香皂都用不着。此外，那些不能被泥土分解的塑料外包装以及产生的垃圾，都和人们的购买行为有关，于是我们经常会反省，希望能尽量越来越少地购物。

说到环保式的美容，比如，皮肤表面的油脂，只要用比体温高的热水就可以洗掉。洗澡用丝瓜瓤就可以了。洗头发也是用热水，再用手搓搓头发就可以了。以前，我用醋自制过洗发水，现在什么都不用，头发也慢慢适应了，并且一直都是很健康的状态。毕竟身体和头皮分泌的油脂并不多，这样就足够了。

北河三牌固体皂很出色

由于我一般不用身体乳、化妆品或头发造型的产品，所以没有什么要特别清洗的油脂或污垢。偶尔觉得污垢较重的时候，我就会使用三共油脂（公司名）生产的北河三（Porukkusu）牌固体皂，它不含合成洁面活性剂、防腐剂、染色剂、合成香料等化学成分，非常环保。以前，我工作过的旅馆就给客人提供过，不仅可以清洗全身，还可以清洗餐具，可以说是万能皂。而且，由于是固体的，所以每次只要切下实际需要的量，溶在水里就可以了。包装使用的也是可以回收利用的纸张，所以不会给环境造成任何负担。

平时，我喜欢尽量不用洗洁精或肥皂，而只用一种被人们称为“琵琶湖（Biwako）”抹布的粗糙和纺布，它产自于以纤维纺织而出名的岐阜县羽岛市，是利用纺织工厂多余的纺线再加工而制成的。

用这种抹布，无须洗涤剂，就可以将污垢擦拭干净，而且洗完之后能迅速把多余的水分带走，以保持餐具的洁净。我还用它来洗蔬菜，如果污垢特别重的话，我就会用前面提到的北河三固体皂。

这种抹布的纺织技术，是日本独有的，每一块都是工匠们用一根根纺线手工织就而成，这也是我爱用的原因。还有一个原因，由于我家的厨房平时没有热水，所以这种抹布不需要热水就能将餐具清洗干净，非常称心。“琵琶湖”抹布的公司还会将收益用于清理河流和保护水质，保护环境。

平时打扫房间或厨房的油污时，我会用小苏打和醋。针对大扫除或有比较重的污垢时，我会使用鹤田商会（公司名）生产的“松の力”洗剂。这是朋友赠送给我的，是由百分之百松树液制成，除污力非常出色。

说到刷牙，我使用的牙膏是不含合成界面活性剂的“帕库斯”(Pakkusu）肥皂牙膏。它不仅能清洁牙齿，连整个口腔也变得很清爽，我常年都爱用。搬到山上住之后，我们利用自己种植的荷兰薄荷和普通薄荷，自制成了刷牙粉。方法也很简单，将它们与食盐、小苏打、葛粉搅拌即可，虽然不如市面上出售的牙膏那样令牙齿表面很光滑，但是我们也在不断改善我们的配方。

自从用了这些环保的日用品之后，从我的

气色、身体一直到肤色、发质都变得很有生机，仿佛唤醒了身体本源的力量，连我自己也变得温和豁达了。

我想，作为地球上生灵之一的我，一定与地球在本质上有共通之处吧。

与其让名牌傍身，不如让“本物”伴随

麻、棉、丝的天然衣料

我们家人对所谓的流行时尚一概不感兴趣，或者说一概不知；关于衣服，我们只选择自己喜欢的，且能穿很久的。日本自古以来就有的麻、棉、丝这三种材料是我们比较中意的，尤其是麻。

从绳文时代开始，就有了麻，它被称为神之草，经常出现在节日祭典或法事中。虽然现在其地位有所降低，但神社里重要的“注连绳”一直是用麻来编织的。曾经的日本，新生儿的脐带也是用麻线来割断的，此外，还给孩子穿麻叶图案的衣服，寓意着孩子可以像麻一样结实地长大。另外还有麻布织成的和服、男子的兜裆式内裤等，可以说，麻布与人们的生活紧密相连。

麻还被认为是一种能避邪的神圣植物。我和丈夫每次穿上麻布的衣服，内心都会涌起一股庄重之感，仿佛能感受到一种神圣的气场。甚至，我们两个人的结婚礼服，也是用麻布做成后，再用植物染料染成的。对我们来说非常珍贵，如今，我们只有在特别的日子才会穿上它们。

我的帽子、连衣裙、内衣、包包等等，这些都是麻制的，麻几乎包围了我。甚至我的枕头、被套都是用麻布做的，用着非常舒服，让我和丈夫每晚都睡得很香。

麻具有非常结实耐用的优点，越穿越用越柔软舒服，手感也越好。简单朴素的外观，用很多年都不会腻。希望麻能够与我们全家的衣食住各方面联系得更紧密些。

棉，也是日本人经常使用的材料。曾经与大米一起，是并驾齐驱的经济类作物。说到棉，有很多种类。对于我来说，直接与皮肤接触的衣服或内衣会尽量选择有机棉。

在种植过程中，一般的棉花会使用大量的化肥和农药，有的使用的还是转基因的种子。而有机棉是在三年以上没有使用化肥和农药的土壤上种植出来的（土壤中农药的影响，至少需要三年时间才能消除），且生产方法经过相关机构认证，整个生产环节都尽可能少地使用化学品，对人的皮肤和环境都非常无害。

我的孩子出生后，朋友赠送的新生儿礼包、抱被、毯子、玩偶、衣服、纱布等大多都是用有机棉做成的，触感非常柔软舒服，让新生的婴儿能得到很好的照顾，我非常感谢我的朋友们，也十分钟爱这些婴儿用品。

好的棉品是让人极致舒服的奢侈品

在朋友赠送的礼物中，最让我感动的，是我一位多年好友赠送的用纯棉和植物染料做的一块大纱布，这位朋友还开了一间叫“瓦卡”（wacca）工房的店铺，专门出售植物染的棉品。这块纱布是纯手工纺织的，连反面的花纹用的都是植物染料，一定非常耗时。每当我抚摸着它手工纺织特有的凹凸纹理，以及植物染料所特有的淡淡色泽，都会禁不住感叹：“这真是一件奢侈品啊。”我的儿子也很喜欢这块纱布，每次一打开，他都会很享受地在上面打滚。

与以石油为原料提取的化学染料不同，植物染料给织品带来大自然的原始色彩，给人带来安宁。即使掉色了，也会分解在大自然中，粘在皮肤上，还能带来一定的药效，守护人们的健康。

“植物染”这个说法，是从一九三〇年开始出现在日本的，至今还是一个比较新的概念。但是，人类从石器时代开始，就从大自然中寻找色素的来源。泥土、矿石、贝类、昆虫的分泌液……以及各种植物。而且植物染料不仅能上色，还能带来一定的天然药效呢。以前的日本家庭，衣服掉色了就重新染一遍，破了再缝补一番，非常珍惜每一件衣服，从而一代代地往下传。

不说那些原理，单从穿着感受上来说，这些棉品能让人的每一个毛孔都感觉到被照顾，仿佛获得了一种生命的力量。原来人类所需与植物的能量会如此协调和契合。小婴儿们一定会本能地感受到它的温柔与力量。

天然材料的物品往往很贵，因为材料自身

就不便宜，而且，将古法技艺传承下来的能工巧匠们也不多了，着实令人遗憾。这就像饮食一样，舶来品的涌入，改变了人们的价值观和生活方式，也改变了曾经的日本。

但是，我觉得对于日本人来说，前人们使用的天然素材才是最相宜的。不仅用得舒服，还用得长久。与其买一大堆便宜货，不如精挑一些昂贵而值得的，这也是我遵循的理念。

我选择纯棉的内衣、麻的外衣、蚕丝的袜子。

不选择带来束缚感的衣服，而选择让人身心放松的衣服。

选择被来自大自然的植物颜色所包围。

这就是我喜欢的生活方式，它们带给我愉悦，唤醒我对逝去的远古时光的向往，我想就这样一直生活下去。

内裤的革命

被解放后，淋巴和周身的血流都加速了

第一次知道女性兜裆式内裤，是在七八年前，当时我身边开始悄悄地兴起了这种内裤。我一个在有机咖啡馆工作的朋友，邀请我参加他们咖啡馆举办的一个手工制作女性兜裆式内裤的小沙龙，我带着好奇和兴奋的心情，欣然前往。

沙龙上来了七八位女孩子，一位非常可爱的女老师一边讲解，一边给我们分发麻布。大家量好尺寸之后，就开始动手剪裁，女孩们围坐在一起，一边兴奋地聊天，一边咔嚓咔嚓地剪剪缝缝，还加入了我喜欢的绣花元素。不知不觉，神秘的兜裆式内裤就做好了。

这第一次亲手做的兜裆式内裤，是一种吊兜的形状，在腰的侧面用纽扣固定，穿上身像是比基尼的感觉。大家都拿着自己的作品叽叽喳喳地讨论，气氛非常热烈。

没想到，用神圣的麻布做成的兜裆式内裤，会这么可爱，还有一种怀旧的味道。即使是第一次用，也没有任何的抵触感，只会非常讶异于兜裆式内裤也可以这么可爱。

了解了相关知识后，我才知道这种兜裆式内裤可以更好地解放女性的身体，强化女性意识。通过宽松不束缚的设计，让血液流动得更加通畅。我自认自己还是很注重衣服舒适度的，却没意识到内裤会阻碍血液循环这一点。

用橡皮筋来固定的内裤会阻碍淋巴和血液的循环，而兜裆式内裤就不会有这样的副作用，所以可以缓解手脚冰冷、浮肿、月经不调。总而言之，让体内流畅起来，就能增加免疫力。

兜裆式内裤是“身体的神社”

当我习惯了穿着兜裆式内裤之后，对其他类型的内裤就变得一概排斥了。曾经穿了那么多年的橡皮筋固定的内裤，却变得很敏感。所以，身体是会被麻痹的。回头想想，真难以置信自己以前居然那么束缚自己的身体，也会对自己的身体生出一股歉意。

现在，我穿着的是“越中型兜裆式内裤”，给身体前所未有的自由开放的感觉，让人越穿越爱。

穿着兜裆式内裤，还能促进睡眠，连起夜也变少了。而且，由于它的剪裁完全没有束缚身体的部分，即使腰围变粗了也一样可以穿，所以十分适合推荐给孕妇们。此外，怀孕期间，孕妇的皮肤会变得敏感脆弱，还伴有不同程度的瘙痒，这种内裤可以最大限度地为肌肤带来舒适。而且，对于腹中胎儿来说，他们也很讨厌被束缚的感觉吧。

我和丈夫都穿着兜裆式内裤。我丈夫在认识我之前就穿了很多年了。用他的话说，仿佛觉得身体的中心有一根中流砥柱被打通了，整个身体也变得很和谐平衡，每天都觉得通畅无比。

兜裆式内裤用麻制成，它的形状与神社的“鸟居”相似，就像是身体的“神社”一样，守护着男人和女人的中心轴——腰部，这个比喻让我和丈夫都觉得非常贴切，也心领神会。

用布制卫生巾给身体排毒

痛经消失了！

我拒绝一次性卫生巾、开始使用布制卫生巾的时间并不长。起因是觉得一次性的卫生巾产生了很大的垃圾量，二来，由于痛经比较厉害，所以寻求改善方法。在此之前，每次生理期我用的都是一次性的卫生巾，都会感觉到炎症和瘙痒，使用布制卫生巾之后，完全消失了。而且，清洗后还能再次使用，完全不会产生垃圾，这也是让我觉得心仪的原因。

以前，每次生理期我都会心情烦躁，现在情绪完全没有波动。除了使用布制卫生巾，还因为兜裆式内裤的使用，饮食和生活的改善。

曾经，让我举步维艰的痛经，居然就这样神奇地消失了。而且，经血量也减少了，经血也变得清爽了。以前生理期之前的一周，整个人都会情绪低落，现在负面情绪被一扫而空。

我现在觉得，仿佛每个月的月经将我身体的毒素一点一点地带走，让我净化了，月经的排毒作用我真是感同身受。

困扰我很多年的痛经消失了之后，我反而更加期待每个月的那几天，因为它会每月一次地将我净化。

我从二〇一一年才开始使用兜裆式内裤和布制卫生巾，它们让我觉得重获新生。我非常顺利地怀孕，而且从怀孕到生产的整个过程都非常顺利，我想也有它们的功劳。而且，生完孩子之后，我真切地感受到了子宫的伟大和重要。

子宫对于女人是重中之重。

女人似乎在用子宫看世界、思考人生。

子宫也是我与世界的联系。

枇杷叶乳液制作方法

● 材料

水（我用的是山泉水，尽量使用自来水以外的纯净水）500 ml

枇杷叶 10—20 片

特制美容用纯橄榄油（选择化妆用的优质、高纯度的）

● 制作方法

1. 用刷子刷掉叶子背面白色的部分，并阴干。

2. 将枇杷叶切成条状（为了便于提取）。

3. 砂锅（别的锅也可以，但铝锅除外）内放入水，煮沸后将叶子放进去煮。

4. 煮至水分剩下一半后，关火，捞出

叶子。

5. 取实际需要使用的液体量，放入容器中，滴入数滴橄榄油。

6. 剩下的液体放入冰箱内保存。（根据季节不同，可以保存1—2周）

第四章

赖以生存的食粮

金钱和最低限需求

即使没有钱，还有极限之神

与其为了生计而生活，不如多姿多彩地活着

搬来里山住以后，为了尽量少花钱，我开始思考，让我和家人都过上满意的生活，需要多少钱。结果发现，生活方式和价值观的不同，会带来很多不同。所以，我有必要先弄清楚，我自己和家人的需要的平衡以及生活标准。

说实话，我家并没有什么钱。现在主要的收入来源就是丈夫做榻榻米赚的钱，但这个收入也是不稳定的，有时候有活干，有时候没活干。

每个月的收入不稳定，存款也几乎没有。这在世人眼中，一定是过得捉襟见肘，朝不保

夕。但是，我们没有任何的不安全感，也不需要和任何人比较，因为，这样做是毫无意义的。

所以，通常是要么丈夫有一定的工作可以保证最低限的收入，要么就是别的什么途径来的钱财，让我们的生活能继续下去，不至于揭不开锅。每当走到极限的窘境，总能“柳暗花明又一村”，就像有一位极限之神，一直在帮着我们。

如今，我们结了婚、有了孩子，还养了两条狗，虽然贫寒，却过得很和睦安宁。

过日子当然需要钱，只是，我们没有把生活的重心放在挣钱上。相比金钱，我们更把生活放在第一位。如果非要说钱和我们的关系的话，那就是，必须要用钱才能解决的部分，我们就去挣而已。这样一来，我们就不会为了钱而整天奔波。挣钱不是我们的任务，生活才是我们的任务、我们的工作、我们的娱乐。

无须用钱的部分，我们用自己的体力和脑力来解决，用自己的双手、大脑、身体、时间去解决。购买食材、供暖供热等固定支出，在力所能及的范围内，用自给的方式供应，这样开支就一点一点地减少了。

比如，对于乡村生活开销最大的汽油费，二〇一一年，我们换成了“天妇罗车（一种使用回收废油再加工作为生物柴油的汽车）”，正在努力实现汽油自给。这种被称为BDF（Bio Diesel Fuel）的将废油回收后精加工成生物柴油，用来作为汽车或农业机械的燃料的风潮，正在全国大范围地普及开来。

我家的天妇罗车虽然也是使用的植物油的废油，但是将废油过滤后直接使用的WVO（Waste Vegetable Oil）车。还有一种使用的是过期的植物油，叫作SVO（Straight Vegetable Oil）车，但我家主要使用的是废油，所以叫作WVO或天妇罗车。有了这个方法，不需要任何装备和药剂，一般家庭就可以完成。

实现汽油自给，就意味着省下了付给加油站的钱，但是要自己亲自去回收废油并过滤。这个比较费时间，但是能将不需要的废油再次利用，不仅环保，还能通过回收废油，结识更多的人，真的很有价值。

为了省钱，我尽量靠双手解决问题，但是用力过猛也不好，所以有时候我也会逛街买东西，或者去澡堂子泡个澡，或者看一场演出来消费娱乐。如何过上可持续性的省钱的日子，我想首先要明白自己的底线和容量，然后把握好一个度，在此基础上再一点点地增加可以亲力亲为的事。一下子过于节约，所有的需要都靠自己双手去解决的话，就容易崩溃。内心也会变得寡淡、没有乐趣，生活也会变得没有生机。

没钱能锻炼创造力

没钱也有没钱的好处，没钱也能有没钱的乐子。比如，可以锻炼一个人的创造力和想象力。如果想要什么都能伸手就来，人的思维就停顿了。不如反复创造，反复试验，从“无”中生出“有”来，那才有快乐。

劈柴火，拉大锯，拆房子，刷墙。正是做这些我以前从未做过的事，才有了我今天的生活。今后还要不断掌握新的技能，才能将日子过下去，且过得更好。

那些不相信自己能做到的事情，只要勇于挑战，就算结果不完美，也会有所收获，而结果完满时，你会收获无与伦比的成就感和满足感。所以，不管小的事情也好，只要我跟丈夫齐心协力，就能把日子过起来。

今后，随着孩子们一点点长大，我们的生活会有更多的乐趣。我非常享受和家人在一起的时光，真的是发自内心地幸福洋溢，我想这也是贫穷而平淡的生活中才能细细体会到的乐趣吧。

其实，收入不仅仅只是金钱这一种形式，还可以有其他形式。我家里有很多我和丈夫的朋友馈赠之物，这同样让我们觉得很幸福。来而无往非礼也，所以，我们也会有所回馈，但不仅限于物质性的，可以去为朋友帮忙，可以为朋友做顿饭……各种各样的，这避免了为还人情债，去买有可能并不需要的东西。也是一种有意思的循环。

日子也好，金钱也好，我觉得都像生物一样，有各自存在的理由，也各自有多样的形态和循环方式。

让人愉悦的金钱流动方式

从你手里花出去的钱都去了哪里

我家的钱，除了用来买那些让人打心眼里觉得好的东西外，其余会尽量花在辛劳的农户、职员、工匠、小店等个体身上。我们希望能知道自己钱的流向，即使从自己手上花出去了，也要花在让自己心情愉悦的地方。只要用法得当，就能按照合理的方法流通。你如何使用，就决定了将钱变成怎样的“生物”。

所谓金钱，它既不应该是目的，也不应该是什么特别了不起的东西。根据你的价值取向，它会变成一种滋润你的生活或心灵的能量，抑或是你与这个世界的一种联系，这才是它真正的价值所在。

在有“金钱”的概念之前，人类是通过物物交换来实现物资流通的，但是由于这一方式不能保证交易双方都能各取所需，于是就将物品换成大家都刚性需求的大米、盐、农具、布匹等“物品货币”。然而，这些实物不仅运输不方便，囤多了也不利于保存，于是，这才发明了货币。

金钱与人们的信仰之心有着密切的关系。英文叫作money，是由古罗马女神朱诺·莫内塔（Juno Moneta）的名字演化而来的。这位女神掌管着人类的丰收与繁荣，她的宫殿就是最早的货币制造所。

在日本，人们供给神社的香钱，由大米逐渐演变成了货币，因为人们认为金钱是神圣之物，它的出现能给人们带来更加富饶的生活。

话又说回来，虽然金钱给我们带来了更加

丰厚的生活，但也带来了不绝的争端。钱只是纸片，只是一种物质。如果将追求金钱当作唯一的目的，那么这个欲望是没有尽头的，是永远也得不到满足的，反而会让人被不安所包围、所支配。

在我的身边，朋友们都奉行着物物交换的原则，这个“物”并非单纯的物质，也可以是除了金钱外的其他形式，比如用自己所擅长的手艺为别人带来福利。

我所居住的村子也是如此。邻居老奶奶收了很多蔬菜，就会送一些给我们。还有做好的饭菜，有时还会帮我们一起干活，就像我们的家人一样。在我回老家生孩子的这段时间，她还会帮我丈夫做饭、烧洗澡水等，对我的孩子也视如己出地疼爱。这些都与金钱无关。

村子里的人说，以前大家就是这样相处的，互相帮助、互相照顾地生活至今。人与人之间互相信任的纽带，不是用金钱可以买到的，这是一种日积月累的无可替代的东西。也正是它让人们生活得更加滋润。曾经，日本各地都有这样的自治团体，我想，如果各个地域都能实现这样一个小社会的功能该多好啊。

不花钱，共同分享的生活

我所幻想的完美世界，是一个不太需要花钱的世界，人们之间分享彼此的物质、劳力、知识、思想。

而更加完美的世界，是完全不花钱的世界。可能大多数人觉得这像是孩子的天真幻想，是完全脱离现实的梦境。但是，我依然认为这也可以是一种社会形态。即使货币失去了价值，我和家人依然可以过着充实而快乐的生活。

并不是说有钱才能安心，也不是说有钱才能保障一个幸福的未来。越是依赖金钱，路就会越走越窄，越走越不安。应该打破固有观念，踏出新的一步，才能发现金钱在你生活中的意义。

对于我来说，金钱就是连接人与人、人与愿望之间的纽带。

我所使用的钱包是一位在布艺杂货品牌“木漏日”（Comorebi Works）工作的朋友赠送的，在对钱包的介绍文字中，还有一段对钱的理解。这段文字让我寻觅到了内心的平和，请允许我在此引用一下：

“钱是什么呢？它既可以让人开心，也可以让人悲伤。为了它，总会有世界的某个角落在发生着争端。根据不同的用途，金钱确实能解决问题。古有‘不义之财莫沾身’的说法，比如说盗窃来的金钱与辛苦所得的金钱，即使用在同一处，循环方式却完全不一样。在世间流动的金钱，就像流淌在人类或其他动物身上的血液一样，好的血液能让身体健康，‘善财’也能让整个世界都健康。”

金钱说到底就是一种工具

获得大自然的能量

一说到“不花钱的生活”，很多人会以为是那种绷紧神经节约每一分钱的日子。其实对我们夫妻来说，与其说节约，不如说不用在让人心情不好的地方。所以，虽说是不花钱，但没有任何的勉强和纠结，而是很轻松享受的状态。

比如说，照明取暖等生活必需的能源，不要过量使用，在可能的范围内，尽量使用大自然的能源，选择可持续使用的能源或方法。而关于物质，则遵循尽量不买，自己动手制作的原则，重视物资的循环利用。

在现代人的日常生活中，需要花钱的地

方，首先是水费、燃气费、电费。现在，几乎每家每户都有热水器、空调等家用电器，且几乎每天都离不开它们。打开水龙头就能洗热水澡，摁下遥控器就能取暖，确实很方便。

我们的先人们，为了让子孙后代过上便捷的生活，发明了这些现代电器，确实让人心存感恩。然而，现代人的生活中，似乎这种感恩之心越来越少，人们挥霍着这种便捷。

我家周围的水质非常干净，且水量充足。对于我家来说，生活用水就是眼前大山上流淌下来的山泉水。厨房、浴室、院子这三处都能取到，这是我们房东引过来的，我们内心非常感激。水量会根据天气有所变化，既有称心如意的时候，也有大雨过后停水或水质浑浊的时候，所谓有得必有失嘛。这个时候我们就会用自来水。

我家的燃气是用来做饭的。乡下的燃气费特别贵，而且也不是可持续使用的能源，我想渐渐减少使用。每年秋冬季节，我们基本都使用自己搭建的土灶台，不仅做出来的饭菜很香，还特别能温暖身体。

这个土灶台，集暖炉、烤炉、炉灶、暖气于一体，是两年前我回家生孩子时，我丈夫一个人在厨房辛苦搭建的。为了让各方火力达到最佳，我们一边调试一边快乐地使用。

关于家用电器，我家没有电视机和吹风机。山里的夏天很凉快，所以也不需要空调，只是有时候会用电风扇或手摇扇而已。

冬天的取暖主要依靠暖炉和煤球炉。洗澡水是用柴火烧的。另外，我家还安装了太阳能热水器，有阳光的时候才有热水，所以每一个晴天我们都特别开心，也心存感激。我们的生活是与太阳同步的，太阳出来就开始准备早餐，太阳下山就准备就寝，所以使用电器的时间很少。

想要过日子不花钱，就意味着要费劳力，要多花时间。然而，这并不是说我们时间多得用不完。事实上，生完孩子之后，家务活一下子增加了很多，而且眼睛半步都不能离开孩子，对于初为人母的我来说，确实很累。我甚至一度怀疑这样的生活能否坚持下去。

这种日子一开始确实很不习惯，但一想到以前的人们都是这样过来的，就有了信心。当然，丈夫的陪伴和帮助也是很重要的因素。而且，让孩子们从在妈妈肚子里就开始感受到太阳、山泉水、柴火等将来肉眼可见的能源，对他们也是很好的影响。

这些真的有必要吗？

从每天使用的食材、调味品、干货，到生

活用品和装饰品，我都尽量自己动手丰衣足食。

如今，不管人们去哪里，都被大量的商品所包围。当然，消费本身也是有乐趣的，这个我很理解，因为我曾经也很喜欢购物，而且很频繁地买买买，每次换季都要添置新衣服。但是现在，每当有购买欲，我都会问自己三个问题：“这个我真的需要吗？”“这个可以一直用下去吗？”“这是谁、如何制造出来的？”于是渐渐地，我就不那么爱买东西了。

也因为此，真的需要的东西，我会毫不犹豫地买下来。而真正花在刀刃上的钱所买来的刚需品，会带给你很大的快乐，你也会很珍惜地使用它。现在回想起来，以前毫无原则地买买的时候，其实买回来的东西很快就厌倦了，就被束之高阁了。所以，我并不是反对用钱买东西，而是主张不要任性地、理所当然地买买买。

另一点，还可以继续使用的物品让它再次利用，或者与朋友之间互相转让调剂地使用，让物品能循环地被使用。

认真审视一下，你会发现很多奢侈品都打着便利的名义，其实，一种便利产生的背后，也耗费了很多人力、时间、物力、资源以及资金。这种消费很难让我觉得是一种有利的循环。所以，不能光看商品表面，也要考虑它的内在，然后再决定是花钱买，还是用自己的双手来弥补这个需要。选择让你自己觉得能接受的东西。

让我们不再勉强，而是自然地、一点一点地、力所能及地过上让自己身心都很愉悦的生活吧。

生活与生计

在里山光靠钱是难以生存的

我和丈夫每天都像孩子一样，内心充满着好奇。我想这也是每个人内心都拥有的纯粹的本能。而金钱就是为了满足人们更加快乐、更加丰富生活的需求。

人们为了生活得更好，才去挣钱，结果却变成为了挣钱而生活，很多人都是这样本末倒置的状态。我也曾经和他们一样，不知不觉间被金钱所支配、所奴役，这种违和感让我非常不舒服。

江户时代，百姓是农民的意思，而在此之前，百姓是“一百种工种所遍及的人群”以及符合这种内涵的人群。

丈夫说这就是他的追求，而绝不是将挣钱等同于工作。其实生活的方方面面都是工作，是人们赖以生存的手段。这也是我们在里山生活的方式，如果只是为了挣钱，是完全生存不下去的，因为生活的意义和目的就不存在了。甚至可以说我们的生活是除了挣钱之外的一切。

在我们生活中，有很多事情，自己不会做就过不下去，于是，就这样一点点地积累了经验，获得了生存本领。比如，我们为了果腹要学会种菜；为了住得舒服，就要做木匠活；为了寻找建材和工具，必须自己去砍树；为了做饭和取暖，就要自己支起炉灶……就这样，奔着一个目的，就有一份辛劳和成长。这是很简单的道理，于是，生活、内心、生存这些概念，在你心里就变得简单而单纯。

我们现在为了生活所需的最低额度的金钱以及实现梦想所必需的金钱而努力挣钱，但是，这并不代表我们将挣钱视作唯一目的、将挣钱作为生活现状，也不代表我们认为有钱就能一切安心。当然，在乡下挣钱与在大城市挣钱的必要性固然不同，但是，生活的意义和挣钱的意义孰轻孰重，完全取决于每个人内心的价值观。

不管身处什么样的境地，都是自己选择的结果，自己只有去勇敢地承受，在此基础上去增加自己的财力。大脑不要被“生存＝挣钱”的逻辑所占据。活着本身就有它的幸福所在，就有它本该有的生命张力。不管你多么有钱，也不能仅靠钱为你的生命带来辉煌。这仅有的生命，被挣钱的想法所驱使、所支配，实在有些可惜。我和丈夫从来都不认为有钱才有未来。

人类的物质文明将走向回归自然的趋势。

为了在这不断变化的时代中，更加愉悦、饱满地生活，尽量用自己的双手创造价值很重要。

能让自己幸福的保障只有自己，除此之外别无其他，即使金钱也买不到。只有在敬畏自然、与自然和谐相处、简单的生活中，才能找到让自己内心丰盈地生活下去的能量，才能实现让人心满意足的生活和生存方式。

第五章

与大自然的节奏一致

让日子过得更舒心

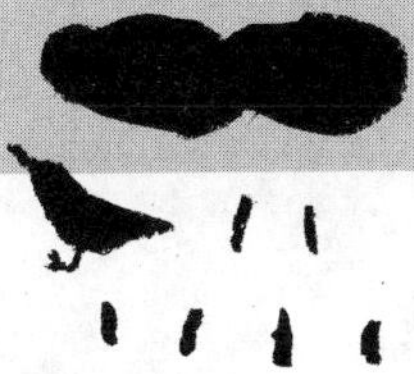

与日月同步

新月能带来灵感

我们家非常注重日历，并遵循它的循环规律安排活动。我说的日历并不单指日历牌上的现行公历，还包括农历和月相的变化。

在这片深山中，人类不是主人，大自然才是，人类要配合大自然的脚步。什么时候播种、什么时候疏苗、什么时候收获、什么时候适合做干货，都要看大自然的“脸色”。我们每天可以根据天空和空气来感知天气，并根据这个判断来进行耕作，而不是日历上简单的几月几号这苍白的数字。

这个山村里居住的大多数都是老年人，他

们在这里土生土长，保持着祖祖辈辈的生活方式。有意思的是，老爷爷老奶奶们会默契地在同一天播下菜种或晒柿干，很多其他的农活也会不约而同地选择同一时间。于是，就出现了大晴天里，大家都出来干活；下雨天、大冷天或森林沙沙作响的大风天，整个村子都安安静静的景象，完全地凭感觉，就像大自然中的动物一样。

我家邻居八十岁的阿婆，能根据云朵的流向、风的走向来判断天气，还会来告诉我们，时间久了，我们也能有所感知，并能大致猜测明天的天气。

阿婆还会告诉我们一些老祖宗传下来的经验和过日子的方法，还有如何选择良时、避开凶时。村里的老人们敬畏自然、敬畏先祖，每天触摸着这块土地，认真踏实地生活着。他们中的大多数人，都是下意识地与大自然同节奏，且精神矍铄，目光炯炯。在他们身上，我感受到了遥远的日本的灵魂。

月相的变化也深深地影响着我们的生活。

比如，从新月至满月，是身体新陈代谢比较顺畅的时期，非常适合排毒。所以，如果这时断食的话容易收到很好的效果。同时，人的直觉也会更加敏锐，不妨静下心来倾听内心的声音。农历的初一就是从新月开始的，仿佛一切都被归零，获得了重生一般。

新月这一天，人也很容易有灵感，也非常适合在这一天许愿或制订新的计划。直至七八年前，我会参考简·斯皮勒所著的《新月占星术》(由东川恭子翻译，作者是美国的占星师，是关于新月时如何能将自己的愿望传达至宇宙的理论学说，非常有权威的一本著作)，将祈愿之事郑重地写在纸上。通过每个月的这一例行祈愿，可以将自己的内心进行一次梳理，并进一步确定目标，自己的意识和奋斗方向也会更加明确。这种找时间反观自己内心的行为，我觉得非常重要。

从土、木、植物中获得力量

一开始，我会有意地列一些计划或愿望，后来，每当到新月的时候，就会主动地进行梳理，久而久之，就不用特意写下来，心里的愿望也能实现。

当我对月相有了意识，随之对自己身体的循环规律也敏感起来。而且这两者能产生同步效果。其实，大自然的节奏就是整个宇宙的节奏，能对人的身体以及内心产生一定的影响，所以，这也是人类肌体本来的节奏。

人在满月的那一天，情绪比较高涨，精神也比较亢奋，这与新月时的状态完全不同。每当满月的时候，我觉得自己心里会很躁动，静不下来。而且容易冲动，睡得也不好。一般来说，在这一天雌性动物会产卵或生产，是能量很强的时候。

太阳和月亮的轮回，对播种时间和植物生长有着非常大的影响，所以，古人们都遵循这一规律，进行农耕和种树。比如说，立春、立夏、立秋、立冬的前十八天，是换季的时节，它们占据了一年的五分之一。在这些日子里，需要谨慎碰土。如果必须要进行田间农作的话，不宜时间过长，以免打扰到新土。而且，这段时间，天气和人的身体也比较不稳定，所以常常无法下地农耕。农历的确很准。

自然界里遍布着各种生命的韵律，对人类也有着很深的影响。其中，土、木是我们最常接触的，它们能够吸走身体内的毒素，为身体带来疗愈和元气。搬来山里住之前，每当疲劳的时候，我就会想要摸一摸泥土，或者到田间、院子里做一些杂事，或者去爬爬山等。

如果你住在城市里，也一样可以感受太阳和月亮，在上下班途中感受街边的绿树、草木。如果绿化稀少的话，还可以自己在家种植一些绿色植物，感受绿色生命的呼吸。当你有意识地去触摸大自然的韵律，你会发现自己在发生着一些不可思议的变化。

这不是什么理论学说，而是身体的感知和本能，只要我们活着，就非常重要。

让我们一起来感受大自然的呼吸和节奏吧。

放空一切，与自己独处

用泡澡赶走疲劳和消沉

为了更加容易把握自己的状态，以及肉眼看不见的大自然的节奏，我会定期地腾出时间放空自己，这一点，越是忙碌越有效果，也越重要。

将身体泡在热水里，让疲劳和消沉被氤氲的雾气带走。从很久之前，我就很喜欢泡澡，不管有多忙，坐在浴缸里的时间一定会让自己悠闲下来。不过，现在有了年幼的孩子，每天还要照顾他们洗澡，无法像以前一样享受沐浴时光了。只有丈夫给孩子洗澡，或者孩子们都睡了之后，我才会偶尔地好好泡个澡。

我家的浴缸靠着窗边，我经常打开窗户，

点上蜜蜡蜡烛，在月光和烛光中享受入浴时光，非常放松（如果是和孩子一起洗澡的话，点蜡烛比较危险，只有打开电灯）。我会根据每天的心情和状态选择天然的沐浴剂。比如具有很好的净化作用的喜马拉雅岩盐、具有舒缓效果的香草、适合冬天使用的柚子或橘子皮、对妇科比较有效果的干萝卜叶……这些来自大自然的沐浴剂，给我带来了快乐的沐浴时光。

此外，泡脚也很有好处。每当我感到手脚冰冷、感冒等身体不适，或者疲劳之时，都会频繁地泡脚。我两岁的儿子也很喜欢泡脚，闹情绪的时候只要一泡脚，就立刻“多云转晴”了。平时儿子身体有些不太舒服的时候，泡一泡脚也能起到很好的作用，所以也很适合孩子们。

不妨试着闭上眼睛冥想，哪怕就一会儿

自从学会了冥想，我得到了很多感悟和智

慧，养成日常冥想的习惯之后，它让我更容易找回内心的平衡。“冥想是什么？似乎很高深。”很多人会这么想。其实，冥想是不论何时、何地都可以进行的。

只要找一个可以让自己安静下来的地方，闭上眼就可以了。还可以选择在工作的休息时间等，见缝插针地进行。闭上眼，去感受自己的身体，感受自己。你会发现身体的状态、心里的声音，就会涌上来。“那件事真的好开心啊！”“我怎么这么焦虑？”“真让人上火啊”“那件事真让我放不下”……这些心底的话，这些最真的情绪，会像波浪一样一波一波地扑过来。身体的疼痛也会被感知到，但是，要持续地慢慢观察。

如果有时间的话，不妨选择在早晨或睡前等定时进行冥想，这样比较有效果。与太阳或月亮一起，与呼吸做伴，让自己深深地、深深地沉浸在冥想的思维里，直至感觉不到时间的流动。你甚至能感受到幸福。我一直坚持冥想，就当成修行一样。虽然连专业的冥想者都不是，也达不到可以指导别人的程度，但是我把这个当作日常功课，让我面对自己的内在，渐渐地我觉得活得很轻松自如。

人们每天疲于奔命，不知不觉地就会累积很多疲劳，这就是压力。这会影响你的潜意识和身体健康。哪怕你花很少的时间去试着冥想一下，就能体察到这压抑的情绪和被你忽视的细节。所以，这个瞬间对你很有意义。你要全盘接受你真实的内心世界，并对自己说“谢谢”，慰劳慰劳自己的辛苦。

还可以通过瑜伽、伸展或按摩等方法，给自己的神经松松绑。

总之，我们要每天去体察自己身体的感觉。

安排祷告时间

我家在吃饭之前都要祷告一番。因为进餐这件事，意味着将别的生命用为食物。这些端在餐桌上的菜肴，经过了很多人的辛勤劳动，所以我们要向这些生命、这些付出汗水的人们进行感谢。日本人会在吃饭前，双手合十，对着食物说“我要开始进餐了”的仪式和文化，我非常欣赏。

此外，每天早上，我还会在自己的神龛前祷告一番。一直以来我们都承蒙大自然、祖先、氏族神的关照，所以每天都要感谢他们，并向他们祈祷家人的幸福安康。每次外出之前，我也必定会祷告，以获得一种安心。

祷告的时候，双手合十，那一瞬间，你的内心是静止而庄重的，也是非常纯粹无负担的。这虽然是一件小事，却能感受到幸福的感觉。从我怀孕一直到孩子出生，我每天都会祈祷一切顺利。我想肯定也有这方面的作用，我的两个儿子都在家里平安地出生了。这里面也有我每天祈祷所带给我的安心的力量，让我得以顺利生产。祷告确实能带给人很大的正能量。

在书籍和音乐中旅行

这个方法也许因人而异。我从很小的时候开始，就很喜欢看绘本和漫画，长大后就爱上了看书，如果没时间看书，我就容易烦躁。在城市里上班的那段时间，我会在坐电车时以及工作的休息时间看书。此外，睡前或者泡脚、泡半身浴的时候阅读，也是让我非常愉悦的时光。现在由于要照顾孩子，看书的时间变少了，只有等到孩子们都睡了，我才有机会享受阅读时光。而我的丈夫则非常喜欢太鼓，家里有各种各样的太鼓，儿子会拿它们当玩具，兴奋地敲个不停，我则会在一旁用乐器键盘或笛子配合他们，热闹得就像一场家庭演奏会。

不管哪一种兴趣，都是一种在世界里的旅行，都能达到放空自己、放松自己的效果，并能促进右脑的灵活，让人彻底忘记时间。当然，放空自己的方法不止这两种，重要的是要为自己的爱好留出时间。

玩弄土壤与冥想相似

尽情地享受日光、在田间做农活、在院子里忙活、栽培观叶植物……通过与土壤接触，仿佛自己的烦恼被洗净了一般，变得内心宁静。一个人默默地在地里干活，是一种与冥想同样的体验，同样可以让人忘记时间。我还喜欢将植物或收获的蔬菜挂起来，或者摊开在竹筐里晒干。

让身心告诉你如何分配时间

举止沉稳也好，正统严谨也好，都因人而异

时间在任何人身上都是公平的，都是固定不变的速度。然而，每个人感觉到的时间的流动速度却是不一样的。怎样的节奏最让人舒适，也因人而异。有人讲究一个萝卜一个坑地慢工出细活；也有人将每日行程计划到每一分，像工作狂一样，不浪费每一秒。

在我十几岁的时候，以及做美容师的时候，我并不知道合理规划时间，常常为了尽兴，和朋友玩到深夜；或者为了工作经常练习到深夜，还接着和朋友出去玩，随后的几天都是睡眠不足的状态……

仿佛每天被什么追着一样，宁愿牺牲睡眠

时间也在所不惜。每天回到家后，累得倒头就睡，都不愿意花时间好好做顿饭或者放松放松，生活节奏紧凑得让人窒息。于是，就这样不知不觉的，整个人从身体到内在都很疲惫，每天四肢无力地行走着，直至身体垮掉。若像我曾经那样，连自己的疲劳都感知不到，当然无法掌控自己的生活，导致身心枯萎。

我遇到的很多人也是一样的状况，说不出什么具体原因，就是显出一副疲态。

有时候，当我走在市区的街道上，满眼都是人、建筑，伴随着各种声音和味道，非常嘈杂、聒噪。一切的运转都是由人类为主体的速度决定的，让我这个久居大山的人，觉得非常不协调。在这里，我所感受到的速度，是人们只知道一味追求便利和效率，而无视自然的人工速度。

沥青马路的两侧，鳞次栉比的建筑里灯火通明，炫目得超出了必要程度。再加上四处放射的电磁波、信息、人工造成的音响、太阳下山之后依然拥挤的人群、闪烁的霓虹灯、被汽车尾气包围的马路，月亮和星星都变得黯淡无光。

我和丈夫每次出门回来，都会觉得特别累，大脑是麻木的，说不出来的不舒畅。而且有意思的是，肚子会觉得特别饿，也许是因为消耗了平时没使用的能量吧。

当然，城市并不是一无是处的，事实上它有很多魅力，可以给人很多感官的刺激，并且物质极大地丰富。只不过，这些都不是我和丈夫所追求的，这些东西也不能给我们带来幸福感。对我们来说，这些过于丰富的东西，会扰乱我们的内在平衡，让我们的身体和内心都变得特别迟钝。

搬到大山里住之后，每次去市区，都能敏锐地感觉到自己的变化。生活在自然节奏中的自己，与生活在城市节奏中的自己，是完全不一样的个体。在大山里，大自然的节奏唱主角，人类只能去迎合，去适应，但这个丝毫不会让人觉得很被动，反而像冲浪一般的节奏，过了一波又一波，让人觉得很有乐趣，且神清气爽。不知不觉间，整个人就充满了活力，仿佛渐渐回到人类本来的行为规律上。

当你找到了适合自己的生活节奏，就会觉得很轻松。然后，在此基础上，再开始考虑，什么才是值得你花时间的事情。

将时间花在生活上的喜悦感

就拿我们家来说，洗澡也好，供暖也好，都需要用柴火慢慢烧，这个很费时。而这些柴火，是我们上山砍树，然后背回来，用斧头劈好的，这也很费时。我家的热水是用太阳能烧的，所以完全看老天爷脸色，并不像城市中的人们一样，打开水龙头就有热水流出来，或者按下一个开关，就有暖风吹出来。

种菜也是如此，从用锄头锄出田垄，然后播种、等待发芽，一直到结果，需要倾注很多心血和感情。然后把成熟的蔬菜摘下来，运回来，洗去泥土，最后才能拿到厨房，开始做饭。

虽然很费时，但是用柴火加热的洗澡水，和燃气的或电热水器的水都不一样，它能一直暖到人的身体内部，还不容易冷却，水质也很软。而自己种的蔬菜，与外面买来的比起来，不仅味道不一样，而且给人带来的能量也更多，又新鲜又美味，让人瞬间获得很多元气。

在大山里住久了，我们的身体都变得格外敏感。比如在其他地方，用一般的自来水和燃气热水器烧的洗澡水洗澡，就会觉得皮肤有辣辣的刺激感，而且洗澡水很快就凉了；如果进入开空调的店里，就像感冒一样喉咙很不舒服。

我家的生活中，能靠自己双手完成的事情，就尽量依靠双手，不依赖现代工业，力求与大自然和谐地相处，于是就形成了这样的生活方式。将时间花在生活上，对我们来说，既是常识，也让我们快乐而充实。

世间既有像我们这样将时间花在生活本身上的人，也有将时间花在旅行、工作、兴趣上的人，大家目的不一样，时间的分配和取舍也不一样。其实，选择了向往已久的田园式生活，却适应不了理想与现实的差距，最终选择回归城市的人也不少。

理想也好、信念也罢，它不是孤立在脑海

中的，需要你亲力亲为地用自己的身体去实践，用自己的内心去感受，直至找到最适合自己的生活和时间分配法则。

所以亲自去实践很重要，只有这样才能让自己的每一天真正快乐起来。

第六章

汲取先人的智慧

为现实指路

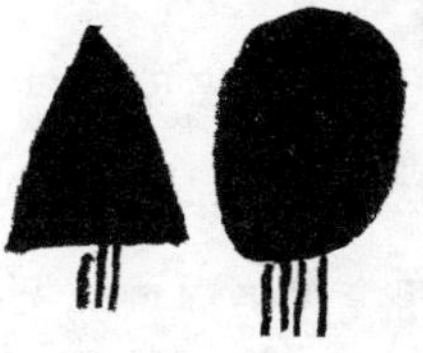

来自长辈的三个经验

察言观色很重要

我的母亲非常直爽，且心胸开阔，在我的记忆中她很少为了小事唠唠叨叨、斤斤计较。从小到大，她都尊重我的独立性，让我自由地成长。

我的母亲曾教给我一句话“人要学会察言观色”。这句话我一直铭记在心，并成为我人生的智慧。至今，我都会常想起这句话。它让我及时地审视自己的工作、家庭关系、与朋友相处以及生活在大山里的很多琐事。

我母亲所谓的察言观色的能力，是指了解自己、站在他人的角度思考问题并了解状况的能力，锻炼自己生存本能的能力。不仅包括肉眼可见的部分，还包括不可见的需要用心去感知的东西，总之就是面对世界上的任何东西。

夫妻双方越相处感情纽带越深，工作越久越熟练，照顾植物越久养得就越精致。与外部事物接触越久，内部的世界也越清晰。

相信直觉

直觉就是人们常说的“第六感”。我很相信自己的直觉。虽然常被别人担心“不思前想后，太武断了”，但我常常凭着直觉判断。这种感觉就像我的骨子里的一种奇妙力量，教我选择，所以我毫不犹豫，完全听从，没有不安，就像一股清风吹入我心中的神来之笔。

迄今为止，大多事情都是我靠直觉判断并付诸行动的。做决定的当时虽然不知道，但是事后总会明白我当时为什么这么选择。不过，人类是经常受感情和思考干扰的动物，其实，最终人们会发现往往直觉和理性思考相差无几。当然，我也曾有过分相信直觉、结果吃亏的教训。

女性的直觉是很敏锐的。我想今后的时代，将会更加需要女性的直觉、包容、宽广、慈爱。日本自古以来，都是依靠女性来做判断，男性依此付诸行动。这算是各施所长吧，这也是我和丈夫、朋友们经常聊的话题。

女性的直觉可以超越理性，非常厉害。所以我觉得女人都是魔女。

把握恰好的距离

人与人之间、说话的节奏之间、声音的分贝之间、两场戏剧之间、两根柱子之间、每一叠榻榻米之间……世间有各种距离，每一种都是为了让人感到舒服的“度”。而这个距离是时间或空间的间隔，有了它事物才有一定的平衡感。如果没有这个距离，就会让人感到窒息，感到无趣，让事物没有回旋的余地。如果人的内心不能安定下来，就不能给自己一个缓冲的机会。不如从现在开始，放慢节奏，让自己缓一缓。

这种距离是非常有魅力的，而保持怎样的距离，是对一个人分寸感的考验。有了距离才有想象的空间和生活的情趣。

这就是我非常注重的三点，看似不同，其实异曲同工。培养自己能有这样的眼力、观察力、感受力，非常重要。

我希望自己每天都能保持内心充裕、放松的感觉。

借助先人的智慧

母亲、外婆教给我的生活智慧

我从很久之前就喜欢本土的东西。记得二十岁出头的时候，我经常看一些关于美洲土著传说的书。

在美洲土著的世界观中，自然界的任何地方都有灵魂。他们那种与大自然和谐共处、对大自然充满感恩的生活状态，以及对大自然的崇拜让我深受启发。

不管是霍皮人的预言，还是立足当下、造福子孙的观念，都是那个时候知道的，这种为后世子孙负责的生活态度对我影响很深。我想这也是我憧憬在深山中生活的原因之一吧。

然而，“冥想”让我的人生变得更加丰

富，并给我指明了人生的道路。其中，对我影响最深的是印度最古老的冥想法之一——内观（Vipassana），据说释迦牟尼也曾实践过。

能静下心来好好参悟先人留下来的东西，是一种很奢侈的境界。可惜，有了孩子之后，从每天的鸡零狗碎中很难挤出时间做冥想，但是，这项技能让我能够在日常的繁忙中达到一种心态的平衡。

母亲和祖母教给我的各种生活技能里也蕴含着智慧。做饭、做点心、做干货、织毛衣、缝补衣服……通过这些技能，我领悟到了长辈们用自己的双手创造生活的态度。我的两位祖母还会用民间食疗法为家里的人治病。这种方法来自一本被称作《赤本》的书，据说战前很多日本家庭都有，是像《圣经》一样权威的民间疗法书。

我二十五岁那年，阅读了东城百合子的《自然疗法改变身体》（三笠书房），明白了食物和植物可以改善人的身体乃至心灵，于是我有意识地将她的理论应用到生活中。但这些疗法是我出生以前的先人们流传下来的生活智慧，我最近才发现，这些理论与我祖母们教给我的民间疗法有很多异曲同工之处。

我的父亲出生于九州的乡下，从小就过着自己种米种菜、甚至生活用品都是双手打造的生活。而且，由于自家有一口井，还有柴火，所以连洗澡都是用的传统的柴火烧的“五右卫门”澡盆，非常地自给自足。我的爷爷奶奶在我高中时就去世了，一直到去世之前，他们都保持着这样传统而认真的生活方式。我从幼年一直到初中，每年都会去爷爷奶奶家玩，对这种生活有着极其鲜明的回忆。

这种回忆里，有爷爷从井里打水的样子；

有奶奶用柴火烧洗澡水的样子；还有柴火烧开的洗澡水那贴心的温暖；自制的柔软的丝瓜刷子；刚采摘的新鲜欲滴的可口蔬菜；以及在被蚊子包围的蚊帐里睡觉的记忆……虽然，我父母家周围也是绿树成荫，但是对于过惯了现代便利生活的我，爷爷奶奶的家就像是另外一个世界。而且，老实说，那个时候我并不是很喜欢这样的生活。

但是，随着岁月的流逝、年龄的增加，我今天选择了和爷爷奶奶一样的生活方式，细想觉得不可思议，仿佛一场轮回一般。除此之外，还有很多回忆不起来的片段，埋藏在我的潜意识里，当年看到的景象、听到的声音、闻到的气味、肌肤触摸到的温度，变成了我身体最深处的一种能量，随着时间的流逝，它们让我感到一种安全感。我想这是随着血液一起遗传下来的。

将生存的力量继承下去

自从我住到山里以后，附近的老奶奶们教给了我很多东西：什么时候该给庄稼除草；什么时候该收割；什么时候该铲雪；如何晒干货；如何看懂天气变化；山里的每个季节如何应对；以及要祭祖、要对每一天都感恩……

这些生活智慧就像流淌在老人们的血液里一样，无需刻意经营，随时应需而生，令人赞叹。这是非常强大的生存的能量，让我觉得仿佛被点化一样。

我们这一代人，远离大山而生长，少有生活的智慧和生存的能力，也缺乏本该有的天性和本能。只有从先人那里继承智慧的种子，让它在心里发芽、开花、结果，才能让本能在身体里慢慢苏醒、强大。希望有一天，我也能像村里的老人们一样，具备应对大自然的生存力量，能生活得从容自如。

此外，想要更加容易地感知大自然的脉搏，“历”也很重要。为了更好地了解大自然的规律，我根据玛雅日历、月亮的盈缺以及农历自己制作了日历，且已经使用了很多年，它让古代的生活节奏逐渐地沿袭到我的生活中来，让我过得井井有条。

记得谁跟我说过，远古时代的生活方式进入了人体的细胞，细胞以基因的方式，一代代地流传至今。所以，先人的智慧也通过基因被保留下来，让正如“我是人”这一最本质的、野生的动物天性被唤醒。

这个地球上留存着各种各样的智慧，这些智慧让我们能不断创新，并将昨天、今天和明天紧紧联系在一起，超越时间、地点，变成一个轮回。当我领悟到这一点时，觉得有一股不可思议的安心感。

仿佛被世间万物拥抱一般，觉得自己得到了宠爱，这让我的内心变得很温暖，很幸福，这种生命的传承和联系，真是十分的珍贵啊。

这是最最重要的生命之源。

学会多维度观察事物

一种叫“汗屋仪式”的神秘体验

我想活得更加开阔而通透

二〇〇九年，我在长野县安曇野市的一家叫“穗高养生园”（Holistic Retreat）的旅馆里工作，且吃住在那里。我主要负责咖啡和后厨的工作，有时还要协助举办讲座。虽然我工作的时间很短，都没超过一个旺季，但是在这里的每一天，遇到的每一个人，都对我产生了很大的影响。

其中，从古代美洲原住民流传下来的，一种叫作“汗屋”（Sweat Lodge）的净化身体、精神、灵魂的传统仪式，让我印象最为深刻，它让我彻底明白了什么才是最重要的，并从自己负面的情绪中释放了出来。

汗屋仪式是在与外部隔绝的小屋内，向宇宙传达自己的祈祷和心愿。通过参加这样的仪式，我打开了十四年来内心最深处紧锁的一道门，能够勇敢地直面自己的“毒瘤”。

那是我十六岁时发生的一件事，对我的伤害非常深远，是挥之不去的心理阴影。虽然我不便写出来，但是这件事每次想起来，都让我陷入恐慌，内心感到极度的恐惧和悲伤，无法冷静下来。一直以来，我将它紧紧地封闭在内心深处，只对非常亲近的几个人说过，其他人甚至连我的父母都不曾知道。

但是，当我内心的这扇门打开之后，终于从十四年的痛苦中解放了出来。我泪如雨下，在泪水中，终于接受了这些年来一直逃避的现实、伤害、悲伤。

举办汗屋仪式时，小屋中央放着一块被火

烤的石头，通过往石头上不断地浇水，让小屋中布满了神圣的蒸汽，并伴随着鼠尾草叶子的香气和烟雾。在这样的氛围下，不断地祈祷和求愿，我渐渐感受到了自己的、人类的、自然的、宇宙的所有生命的存在。

我还体会到了现在的自己与曾经的自己就像画圆一样联系在一起，真是很玄妙的感觉。以前，我只了解自己的一些片面，如今我可以从各个角度剖析自己，还感受到自己与地球成为了一体。

汗屋仪式的小屋被人们称为“eneepee”，即“地球的子宫、回归子宫”的意思。正如这个寓意，人们如在此获得重生一般，经历了一次无与伦比的神秘体验，并获得了新的智慧。我想，如果没有这个体验，我的人生会是完全不一样的，所以我非常地庆幸，也非常珍惜这段经历。

不留恋，不否定，完全接受

在穗高的大山里度过的那段时间，让我明白了很多事，也顿悟了一切都是因果相连的。无论从哪里看，从哪个部分看，无论是喜欢还是讨厌，我就是我。我是一个整体，是一个“圆”。

当我明白了这些之后，我觉得自己看事物的方式也变“圆”了。一直以来，我都很简单，所以容易被自己的执念和思想所困住，导致我只能看到事物的一面，容易产生排斥。直到现在也难免如此，但我明白了，就算目标一致，只要思考的角度、处理的方法不同，就会有不同的途径，所谓条条大路通罗马。

比如，以前一想到身心健康，我会比较看重饮食。但是现在，我明白了除了饮食，情感、运动的习惯、放松的心态都是因素。此外，还有接触大地、自然界的规律、肉眼看不见的能量等也是调节平衡的因素。

“只要有这个就可以了”的想法行不通，缺少一种因素，就会失去平衡。我自己也是如此，缺少一种东西，就会觉得不顺利。这也是我一点一点明白的道理。

另外，也不要太固执于自己的想法和外在的形式。大山无论从哪里攀登，都会到达山顶。不管你从哪个角度看，也不管你选择哪条路，都是一样的本质。所以，不要固执于一条路，不要否定两种途径的不同，要打开思路向前进……

太钻牛角尖，只会让自己的内心和眼界越来越窄。

让内心、让思维方式、让自己、让生活、让你的人生更加开阔，这才是通往宁静的道路。

心情烦躁的时候，画出通往内心的地图

写写画画解心结

对于现在的我来说，只要不是性命攸关的事，我都不会太担心。只要活着，总有解决的办法。很多时候烦恼几乎都是自己太钻牛角尖，或者自己的幻想造成的，当你冷静下来，仔细想想，会发现这根本没什么大不了的。

虽然这么说，但人毕竟是有情绪起伏的，不管是心中堆积了不满，还是有很多烦心事，总有一些原因会让你内心很烦躁，不能心平气和。如何让自己恢复平静？有一个办法就是把它们写在纸上。

准备好纸笔，心里想到什么就写什么，不

管是家里的事，还是人际关系上的、工作上的、感情上的，抑或是关于梦想、未来、自己的……总有让你烦恼的根本原因，你可以一条一条地列出来，也可以写成文章，不管什么都可以，只要是造成你压力的事，或者让你感觉很好的事、想做的事、不想做的事……想到的都写下来，就能帮自己慢慢梳理清楚。

当很多事情千头万绪在你脑海中翻腾的时候，你是无法一下子分析清楚的，只有写出来，让眼睛看到自己的思绪，才能理性地整理现状。于是你会发现，就像拼图的碎片被你一一拼凑好一样，每一个问题就这样慢慢地浮出水面，于是你就可以对症下药地寻找解决方案。然而，很多时候你会发现保持现状才是最好的，所谓以不变应万变，就是这个道理吧。

但你试着写出来，你会发现一切烦恼都取决于你怎么看问题。

我自己不仅通过写，还会通过画画、涂色的方法来梳理自己。尤其是色彩，很能反映一个人的心理状态，非常有意思。不妨随心所欲地一张张地涂画，一直画到尽兴为止。你的手就像自动的一样，会下意识地在纸上画，画着画着你就能心情开朗起来。

不管是写也好，画也罢，在这个过程中，你的心里到底在想些什么，你最真实的感受是什么，会渐渐地明朗起来，就像一幅通往自己内心深处的地图。这就像行路一样，没有了方向就会不安，只要有地图，就能找到前进的方向。而且这幅地图不仅能解开你的心结，还能为你明确未来的目标和心愿。你还可以与你的爱人一起来画这张心灵地图。

当与爱人或其他人一起画的时候，你可以看见对方的长处和短处，以及所担的责任。你了解了别人，还能更进一步了解自己以及周遭的状况。让你们彼此都知悉对方的优点。

写写画画的方法，就像是在你看不见的意识画布上画画，当画布有些浑浊了，如何意识到，如何纠正它，用什么样的笔，用什么样的颜料，画成什么样的形状，这些都全凭你自己的判断。

第七章

紧紧连在一起

人、家庭、生命

孕妇这个物种

孕妇是男人、女人之外的另一物种

曾经的我爱好自由，到处走走看看，尽情地做自己喜欢做的事，从不认为将来自己一定要生一个孩子。至多就是像一般的女孩一样，幻想一下什么时候遇到合适的人就结婚。因为我还有很多想学习的事，而且光自己的事情还忙不过来，实在没有自信可以经营一个家庭，甚至养育一个孩子。

但是，一个偶然的机会，我看了河濑直美导演拍摄的一部讲述自然分娩的纪录片——《玄牝》，非常受触动。片子里辛苦而忙碌的助产师、第一次看到的医院产房的情景、产妇的勇气和决心以及伴随着怀孕到生产的女性身体变化和家人的变化……这些因为一个小生命而联系在一起的人们，非常真实地出现在镜头前。

片子里孕妇们带有母性的女性之美也令我折服。当我看完片子，突然有了一个想法："也许我坚持杂粮素食法，改善自己的体质，就是为了做母亲而准备的吧？"我果断地决定要像片子里的女性一样生一个自己的孩子。我想，那一刻，我身体里的女性或者说雌性动物的本能被唤醒了。

然而，那个时候我还没有结婚，甚至没有遇到我的丈夫，但是，我就是确信未来不久，我就可以生一个自己的孩子。就在第二年，我遇到了我的丈夫，并且有强烈的欲望，想与这个男人有个孩子。这是第一次有这样的感觉，应该是身体内动物的本能在起作用吧。而且很快我就怀孕了，真是很为自己庆幸。

在我怀孕期间，年长的朋友们对我说："孕妇完全是另一个物种，有别于男人和女人。"这句话我觉得说得特别贴切，非常符合我的感觉。我是一名孕妇，我成为了不同于之前的自己的另一个物种，我的腹中有一个生命，这带给我很多前所未有的感受和体验，我非常享受这种状态。

很不可思议的是，在即将怀孕的某个时刻，我和丈夫同时预知到我们要有孩子了，就像心电感应一般。这感觉，跟我遇到我丈夫时，就预感我与他会有一个孩子一样，完全是一种直觉，没有什么道理可言，冥冥之中的一种暗示吧。

那天夜晚，我走到院子里，看到天空中出现了像彩虹色一样的极光，非常美丽，仿佛大山在为我们祝福。创造生命，是一件多么让人感动的事啊。

在那之后，又经历了一连串的让人觉得不可思议而有趣的时刻。我的腹中有一个生命和我一起呼吸，这种神秘感和从未体验过的幸福感每天都包围着我。我的内心不断地涌出暖流，整个人也充满了能量，是无可比拟的巨大幸福。

怀孕意味着你的身体里有了另一个灵魂，另一个完全不同的时间在流淌，它按照自己的节奏在成长，却与你一起共存，真是十分妙不可言。

胎儿的发育是很快的，他与母亲的肌体的速度完全不一样。据说，二十八亿年才进化出人类，而十月怀胎就孕育出一个生命，换算下来，一天几乎相当于一千万年，可想而知，在我的腹中每天都在发生着翻天覆地的变化。

也许每一位孕妇的感受会不尽相同，对于我来说，怀孕后第一次知道自己处于食物链的第二节。原则上，人类是靠掠夺别的物种的生命来生存的，但并不能说母亲的生命被孩子掠夺了，而是要供给孩子必需的营养。虽然，有时候会对新生命的贪欲感到恐惧，但是作为母亲，就算自己的一切被孩子拿走也心甘情愿。非常微妙的感受。

作为母亲，为孩子付出，是一种纯粹的快乐。对于怀孕期间的饮食，虽然我一直坚持杂粮素食的饮食方式，但是难免会心中忧虑，怀孕了也可以这样吃吗？我这样会不会太自私了？这些从未出现的焦虑会一下子出现，让我一下子变得没有信心……人真是非常有意思。

孕妇尤其具有动物的本能

在我怀孕之前的很多年，我一直坚持杂粮

素食的饮食方式。身边像我这样的人很少，所以怀孕之后，我变得有些紧张，不太确定是否要坚持下去。但是，没有完全适合所有人的方法，每个人都有自己的特质，所以，最终我也不去纠结了，纠结也没有用，不如跟着自己和孩子的感觉走。

结果，没有出现任何问题，我依然坚持自己的饮食方法。当然，也要感谢很多人给我的鼓励和建议，让我没有出现很严重的孕吐和贫血反应，营养一直都很均衡，产道的状况也一直良好，整个怀孕期间的精神都很好。有规律的生活起居，加上传统的生活方式，以及正确得当的饮食保证了我健康的孕期生活，也让我更加有信心。

孕妇还要面对的一个挑战，就是孕期荷尔蒙的失衡，导致整个人变得敏感，不仅情绪容易波动，身体也在日益发生着变化。不过，让我欣慰的是，怀孕期间我一直很轻松，很愉快，这主要是由于丈夫和我们养的小狗的陪伴。尤其我丈夫以一副即将为人父的责任感，将我照顾得很好。

有一位年长的朋友对我说，怀孕不只孕妇一个人要加油，而应该是夫妻两人一起面对，丈夫的配合程度不同，结果是大不相同的。这话说得完全有道理。毕竟是两个人的孩子，所以从怀孕开始就一起抚养是理所当然的。从怀孕到生产的过程中的夫妻关系，将会影响今后的家庭和谐程度，也会影响即将出生的宝宝。

对于妻子来说，从怀孕那一刻开始，就自然地成为了母亲，而对于丈夫来说，需要时间去接受这个身份，而且，他从此将成为整个家庭最重要的中流砥柱。

二〇一二年一月三十日，我和丈夫两个人

在自己家里，顺利地迎来了一名男婴，他就像天使一样降临人间，来到我家。这是前所未有的体验，也是穷尽辞藻也无法形容的感受，让我们夫妻都深受感动，是最珍贵的回忆。

而我也从一个动物本能性质的孕妇这个独特物种，变成了母亲这个物种，开始担负起养育孩子的重任。二〇一四年一月十四日，我们的第二个儿子也在家里出生了，从此，我的生活变得更加忙碌。回忆怀孕的过程，真的是非常特别的经历，是我们全家一起度过的宝贵时光。

很多人一提到怀孕和生产，就觉得特别辛苦，我曾经也是如此。妊娠反应、身体的劳累、生产时的疼痛、生产后的不自由……大家想到的都是这些负面的信息，其实真的体验过会发现是完全不一样的。当然，怀孕生孩子的确是不容易的，毕竟性命攸关。然而，做了母亲我才真正体会到一个女人的全部意义，人生也迈上了一个新的起点。

不过，很多丈夫对孕妇的漠不关心让我惊讶，他们中的很多人都认为怀孕是孕妇一个人的事。这也更加让我对自己的丈夫充满赞许，因为他在我怀孕期间，每天都给我按摩，并关心我的身体、心理以及腹中胎儿的变化，与我一起学习、一起面对这段特殊的旅程，还积极地帮我带孩子。所以，我想我的孩子们也觉得很幸福。

真心希望世界上能有更多的幸福的孕妇、幸福的生育、幸福的家庭和孩子。

育人即育己

自己、妻子、母亲的三重身份

我们的长子羽音今年一月满两岁了。

三年前我结婚了，如果把我自己比成一棵树，从那天开始，树上除了原本的“自己”这根树枝，又多了“妻子”这一根树枝。羽音出生后，又增加了第三根“母亲”的树枝。两根树枝的平衡感还没有完全找到，就立刻有了第三根树枝，一开始确实有些紧张，有些不习惯。如今看来，三个人的家庭与二人世界的确完全不一样，幸福增加了很多，辛苦也增加了很多。

如今，我一天之中的大多时间被母亲这个身份支配着。与丈夫相识以来，一直是一起行动，做什么都是两个人一起的，而现在，我基本都想着孩子的事情，对丈夫少了很多照顾，有时还会有一些摩擦，我们不断地沟通，不断地改善。我想今后还会有很多摩擦，但是，有了问题及时解决，不把小矛盾拖延成大矛盾，这样才能加深两个人的感情，这是我们的共识。

在我眼中，自己的孩子特别可爱，似乎人世间没有比他更可爱的了。但是，把自己的时间和精力全部放在孩子身上，有时还是会让我有些不耐烦。育儿、手工以及其他感兴趣的事我都想做，有时候会觉得自己是不是太贪心了。

育儿的过程中，当我脑海中想到要做另一件事的时候，基本上是很难两者兼顾的。在我成为母亲之前，都是想做什么就立刻去做，想去哪里立刻就去，一切以自己为中心惯了。如今，很多想法被压抑、被放弃了，难免觉得苦闷和委屈。

有了孩子以后，我几乎没有自己的时间，也很难有悠闲的时刻。正因为如此，我意识到自己去找闲空很重要。即使时间分配与生孩子前也大不一样了。

比如说，没有时间去慢慢地冥想或锻炼，那么就在每天早上，家人都醒来之前，做短时间就可以完成的呼吸法或整体法练习；还可以利用哺乳的时候来冥想一会儿。就这样，把同一件事更加浓缩、更加简单高效地完成。

但是，我的孩子始终是最重要的。当我感到纠结的时候，就会切换到母亲的思考模式。羽音现在需要我时刻的关注，只要没有花百分之一百二十的心思在他身上，他立刻就能感觉得到，就会睡眠不好、爱折磨人，会加倍地撒娇，总之变得很敏感，我的忽视会立刻影响到他的心情和身体，所以丝毫不能怠慢。人类毕竟也是动物，会受本能支配，这是我生孩子以及带孩子的过程中才有的深刻体会。

人只有在抚育了下一代之后，才会变成真正的人。

和羽音在一起玩耍的时候，我会忘记其他身份，只有母亲这一个身份，羽音就会很满足，脾气也平稳多了，睡眠也变好了。他觉得开心我就觉得开心。

而且，我发现当我以百分之一百二十的热情和专注对待母亲这个身份时，反而更容易挤出自己的时间，这样一来，母亲、自己、妻子这三个角色之间就能更加自如地切换。

只要花工夫，就可以同时扮演好三个角色

我曾听说，女性是可以多管齐下同时做几

件事的物种，但我不是这样的。我要等家人都睡了之后再做家务、打扫院子，或者做其他想做的事。至于做饭，我会多做一些常备菜放在冰箱里，等有时间的时候再集中地做一批。只要肯花心思，总能协调好的。我常常觉得，天下的妈妈们真的很了不起啊。

当我要工作的时候，仅仅利用孩子们都睡了之后的时间是不够的，我会把孩子交给丈夫或母亲照看。这本书就是这样完成的，表面上是我一个人创作的，其实是大家的力量协助我一起完成的。

育人即是育己。孩子的成长，就是我们的成长。孩子被照顾好了，就是照顾好了自己。羽音是我和丈夫的另一个自己，看着他就像看着镜子中的自己一样。

通过育儿获得的自我成长是最大的。我的

育儿工作刚刚开始，今后还要面对更多的事情，但我相信，自己一定会变得越来越优秀。育儿中收获的幸福和付出的汗水也会是同样的比例。

从怀孕到产子的过程让我明白了，男人和女人看似都是一样的物种，其实本质上扮演着完全不同的角色。而我也体会到了作为女人的真正意义和喜悦。

我获得了从肉体到心灵，一直到灵魂的深层次的幸福。

羽音，非常感谢你来到这个世界。

后记

我们都是地球的孩子

我终于可以好好喘一口气了。

两年半前，出于偶然的缘分，被邀请出书，写一写自己家庭的故事。当时有些错愕，我只是一个普通的家庭主妇，做梦都没想过要出书。惊讶之余，又觉得这是难得的缘分，于是，我凭着直觉决定，做！当时距离我长子出生还有两三个月。

一边要收拾老房子，一边要带孩子，每一天都特别忙碌。写稿的时间都是从家务、育儿的空隙里挤出来的，一共花了两年多的时间才写成这本书。在这期间，还生下了第二个孩子，变成了一个四口人加两条狗的热闹大家庭。

家在不断地变化，生活在不断前进，书里写的内容也在不断地更新。写书仿佛是在面对自己的内心，面对生活本身，所以当这本书写完了，我和我的家人都一起得到了成长。

这三年，山里的生活变化很大，我们全家就像蛹一样，不断地蜕变。今后还有很多事情要做，还有很多想法要去实现，这只是人生漫长旅途中的一段。

搬到山上之后，现在终于可以好好地喘一口气了。

宇宙是父亲，地球是母亲。地球就像是子宫一样，通过木、火、土、水、风等细胞孕育着生命。我、人类、植物、动物、雨水、泥土，大家都是平等的生命体，都是紧密相连的，都是地球的孩子。

今后，我会继续敬畏大自然，用简单的劳作过简单的日子，去繁存简，舍弃累赘的欲望，平淡地生活下去。将爱护地球的生活，一步一步地走下去，并保持着梦想的能力。

我们在山里的生活，可以说没有我丈夫就没有今天的样子。一切都是我们夫妻携手的结果，两个人仿佛渐渐变成了一个人。

所以，这本书与其说是我写的书，不如说是我们全家写的书。

最后，我要感谢《有了 100 瓦的电就能生活下去》的作者高野雅夫先生，以及给了我很多中肯建议的本书责编长谷川惠子女士。

还要感谢给了我家很多帮助的村民们，以及书中提及的朋友和有关人士；还有阅读这本书的读者朋友。

此外，如果没有丈夫和父母的鼎力相助，我是不可能在繁忙的育儿工作中完成这本书，所以也非常感谢他们。

致帮助过我的所有人，衷心地感谢！

衷心祝愿爱与和平的光芒能洒遍每一个人。

位田惠美